強制的にスローライフ!?
2
ている
イラスト:
でんきちひさな

アーカム
ミレニア
ジルベール
登場人物紹介
Characters

レオンリード
ミドラード
シンシア
千草
千早

「フレイム・スピア！」
丸太のような太さの炎の槍《やり》が、
ヒュージヒューマスポアを上半身ごと飲み込み、
大地を削った。
攻城兵器でも生み出した気分である。
「よし、いいぞ」
いや、威力がおかしいでしょ……。

もくじ

お父さんの実家

お父さんたちに連れられて、王都に無事に到着。まず連れてこられたのはお父さんの実家である、エルベリン伯爵家のお屋敷だ。

僕は貴族の子供なので、ある程度成長したら王族や他の貴族家への顔見せが必要だという。大体五歳から八歳の間に連れてこられることが多いらしい。いま四歳の僕は前世の影響もあり、早熟であるといえよう。普通より早い段階で王都に連れてこられたわけだ。

道中や到着後など様々なタイミングで、ゲーム的なイベントに警戒をしていたが何も起きなくて一安心である。

メイドのシンシアと一緒に通されたのは大きなお部屋。ウチの僕の部屋の倍くらい広い。

シンシアに渡された服をマジマジと見つめる。これ、部屋着？　なんかちゃんとした正装っぽいけど。

「なんか、いい服？」

「今夜はご家族へのお披露目ですよ？」

「あ、そういえば……」

「それと、ミドラード様のご婚約者様も遅れてですがいらっしゃるそうです」

お兄ちゃん結婚するんだった。あ、婚約って結婚じゃないか。

「どんな人なんだろ？　ちゃんと婚約者やってるのかな？」

「エルベリン伯爵がすでに確認をし、家柄的にも家格的にも問題ないとおっしゃられたそうです」

「なんだかんだ言って、お父さんはおじいちゃんに頼ってるっぽいなー」

「ミドラード様が王都にいらっしゃる間は、伯爵家の預かりになりますから。ミドラード様もエルベリン伯爵に確認をしてもらう旨を旦那様にお手紙でお伝えしておられます」

「そうだったんだー」

父親を通り越して祖父にお伺いを立てるなんて違和感を覚えるけど。

「ミドラード様はオルト家の跡継ぎではございますが、同時にエルベリン家の跡継ぎでもありますので」

「え？　そうなの？」

お父さんって確か三男だよね？

「はい、旦那様の兄君はお二人ともご結婚をなさっておりますが、長男のイーラスーラ様のお子様はお一人、女性でご結婚済みです。お子様もいらっしゃいますが、まだお披露目前。ですので正式に跡継ぎとはなっておりません。そうそう問題が起きるわけではございませんが、エルベリン伯爵とイーラスーラ様のお二人に何かあった場合、中継ぎとしてミドラード様にお声がかかる可能性もございます」

「知らなかった……あれ？　じゃあお父さんは？」

「旦那様はすでにオルト家として独立しておりますので、一時的にでも中継ぎとされる場合は、オルト家とエルベリン家の当主を兼ねることになります。エルベリン伯爵はそのようなことを望まないそうですので、万が一に備えてミドラード様をこちらに住まわせて教育を行っているそうです」

「お兄ちゃん、もしかして結構忙しい？」

「どうでしょうか？　はい、手を上げてください」

どうやら話をしてないでさっさと着替えろとのことらしい。言われるままに服を脱ぐ。というか脱がされていく。結構着込んでいたから、服に引っ張られて手とかが痛い。

「それとイーラスーラ様は別邸からこちらにいらっしゃいます。奥様はお孫様の面倒を見られるとのことで来られませんが、娘のアマリア様とその夫をお連れになられるそうです」

「それって、僕の従姉妹《いとこ》？」

「そうですね。イーラスーラ様のお嬢様はアマリア様とおっしゃいます。確かミドラード様の三つ上だったかと」

「えーっと？　じゃあアマリア……お姉さん？　姉上？　とその旦那さん？　頭がこんがらがってきた……」

おじいちゃんとおばあちゃんがいて、その息子が三人。上がイーラスーラ……イーラスおじさん、真ん中が不明。一番下がお父さん。

イーラスおじさんには名前のわからない奥さんがいて、その娘がアマリアお姉さん、旦那さんがまたいて。その間に子供がいて……。

「こちらをご覧ください」

「家系図があるんじゃないっ」

先に出してよねっ！

「えっと、おじいちゃんがローランド＝エルベリンで……」

おばあちゃんがウェンディ＝エルベリン。

その夫婦の子供が男三人。イーラスーラ、ビッシュ、アーカムだ。

イーラスおじさんの奥さんがロジーナおばさん。その夫婦の子供がアマリアお姉さん。

アマリアお姉さんの旦那さんがシャノワールさんで、子供がミシェル。男の子で去年生まれたばかりらしい。

「おじさん夫妻や、アマリアお姉さんとシャノワールさんは別邸に暮らしてるんだ？」

「そうですね。ご懐妊される前まではイーラスーラ様共々こちらにおられたのですが、こちらにはミドラード様がいらっしゃいますので、ミドラード様がご学友を呼びやすいように別邸に移られたそうです」

「お兄ちゃん、結構気を使ってもらってるんだ」

「使っているのはオルト家の王都での邸宅の方ですけどね。新築を兄に取られたと旦那様が嘆いておられました」

「あははは」

それは悔しいかもしれない。

「えっと、ビッシュおじさんはご結婚されていないの？」

「ビッシュ様は奥様を亡くされております。今は魔法師団で働かれているので、そちらの近くにお一人で住んでらっしゃいます」

「魔法師団っ!?　すごい！　魔法が得意なんだ！」

「奥様がご病気で亡くなられていることの方に反応をしてください」

「あ、すみません」

自分の興味のある方に意識がいってしまった。失敗失敗。

「とても仲がよろしかったご夫婦だと伺っております。奥様はご出産前に亡くなられてしまって残念です。ビッシュ様は自分に子供はいないからと、アマリア様を大層可愛《かわい》がっておられたそうです」

「そうなんだ……でもおじいちゃん、よくビッシュおじさんをそのままにしておくね」

あの感じだとおじいちゃんは再婚を勧めそうだけど。

「自分の愛する女性は妻だけだと、再婚をしてもその女性を不幸にするだけだと言って断り続けておられるそうです。それでも再婚を勧められるご両親から距離を取るため、このお屋敷にもあまり顔を出されないそうです」

「そうなんだぁ」

悲しいけど、ちょっと格好いいかもしれない。

「お会いできるかな？」

「ええ。今夜いらっしゃるそうです」

「お、覚えないとっ！」

「そう思うのでしたら、早くお着替えをしてください」

靴下を履かされながら、そんな話をする。

くう、顔写真が欲しいんですけど！

「顔合わせの際には周りの方々がフォローしてくださいますので、お名前だけ間違えないよう覚えてくれればいいですから」

シンシアは簡単に言うが、そんなに記憶力に自信がないよ！


「なんだその格好は」

「む？　どうした兄上？　というか玄関で立ち止まらないでくれ」

休憩という名のお勉強。あまり時間がなかったけど、それを終わらせると、今度はお出迎えの時間である。

今日の主役は僕だから、両親とお兄ちゃんと一緒に、外から来る家族、親類を迎えるべくお屋敷の玄関ホールで人が来るのを待っていた。

お父さんを少し老けさせたような感じの伯父、イーラスおじさんと、その娘さんで僕の従姉《いとこ》にあたるアマリアお姉さん、それとその旦那さんのシャノワールお義兄《にい》さんが玄関から入ってきたので挨拶をしようとしたら、後ろからもう一人現れた。

「……お前、まさか普段からそのような格好で勤めているのではないだろうな？」

「イーラス兄上、何を言っている？」

髪の毛がボサボサで顔が半分以上隠れているし、無精髭《ぶしょうひげ》も酷《ひど》い。でも上から羽織っている上等なローブが無駄に煌《きら》びやかさを醸し出している男だ。イーラスおじさんを兄上と呼んでいるのだから、きっとビッシュおじさんだろう。

「普段ならばローブは別のものだ。このような装飾ばかり良くて魔法防御力も低い粗悪品なんぞ、着たりはしない」

「ビッシュ！」

「はあ、叔父上は相変わらずですわね」

登場人物が多くて頭がパンクしそうだ。

「見ろ、ジルベールが呆然《ぼうぜん》としているだろう？」

「ふむ……ジルベールか、アーカムの息子だな？」

そう言って不審者にしか見えないビッシュおじさんが顔を寄せてくる。

「利発そうな子だ。それに安定した魔力を感じる。立派な魔術師になれるだろう」

「えっと、おじうえ？　ですか？」

「ああ。お前のお父さんの兄、ビッシュだ」

「兄上、顔が見えませんよ」

「ビッシュ！　貴様そんな顔で！」

「おや、お父上。僕の顔が見えるので？」

「まったくビッシュは。リヤット、ローゼル。丸洗いしてらっしゃい」

「畏《かしこ》まりました」

控えていたベテランっぽい二人のメイドさんにおばあちゃんが指示を出す。

そしてその二人に左右から挟まれて、連れられていくビッシュおじさん。

「なんか、すごい人なんだね」

「あんなのでも、お前の伯父にあたる。仲良く……は、向こうが勝手にしてくれるだろうな。あやつは子供好きだから」

「そうだね。ビッシュ伯父上とはよく外で会ってるよ」

「……いつもあんな感じか？」

「……今日は、いつもよりマシ、かな？」

お兄ちゃんからそんな聞きたくもない情報が出てきた。

仕方ない、改めて今いるメンバーに挨拶をしよう。

「イーラスーラ伯父上、アマリアお姉さん、シャノワールお義兄さん。ジルベール＝オルトでございます。今日は僕のために足を運んでいただき、ありがとうございます」

ペコリ、とお辞儀を添える。

そして顔を上げると、三人は柔らかい笑みを浮かべてくれる。

そしてイーラスおじさんが前に出て、しゃがんで僕に目線を合わせてくれる。

「やあジルベール。イーラスーラ＝エルベリンだ。君のお父さんの兄にあたる。気軽にイーラスおじさんと呼んでくれ」

「はい！　イーラスおじさん！」

「なんとも可愛らしい顔だ。ミレニアに似てよかったな。将来美人になるぞ？」

「ありがとう、ございます？」

頭を撫《な》でられながら、首を傾《かし》げる。

可愛いと言われるのは嬉《うれ》しいが、美人になるのを喜ぶのはちょっと違う気がする。

「私の家族を紹介させてくれ。娘のアマリアだ」

「こんにちは、アマリアよ？　アマリアお姉ちゃんって呼んでね」

「はい、アマリアお姉ちゃん」

「可愛いわぁ。うちの子に負けないくらい可愛いっ」

アマリアお姉ちゃんが、がっつりハグをしてきた。

お兄ちゃんよりも三つ上らしいけど、かなり若く見える女性だ。

そんなハグを受ける僕に、これまた若い見た目のシャノワールお義兄さんが挨拶をしてくれる。

みんな金髪だけど、この人だけ髪の毛が紫色で覚えやすい。

「私はアマリアの夫、シャノワールだ。長いからシャルでいいよ」

「はい、シャルさん！」

アマリアお姉ちゃんから解放されると、二人は僕の両親のところへ挨拶に行く。

「アーカム様、先日ぶりですね。今日は楽しみにしていました」

「ミレニア様、お久しぶりです。相変わらずお美しいです」

シャルさんがお父さんに、アマリアお姉ちゃんがお母さんに挨拶をしている。

すると、イーラスおじさんが言う。

「私の妻は孫の世話で屋敷に残っているんだ。今度紹介するよ」

「アマリアお姉ちゃんにはお子様がいるとお聞きしました」

「ええ、そうなの。お披露目が終わったら、ご挨拶をしてね」

「はい！　楽しみです」

ふふん、立派にご挨拶できただろう？

そう鼻を膨らませていると、おばあちゃんが僕の背に手を当てた。

「さあさあ、今日はパーティーよ。お食事を用意したわ。楽しみましょう」

「そうだな。ビッシュの馬鹿は後から来るだろう」

「こうなることは目に見えていましたからね。お祖父《じい》様にあらかじめ伝えておいた甲斐《かい》がありました」

「そうだな。これぱっかりはミドラードの手柄か。いや、きちんと身なりを整えるように強く言い聞かせるようミドラードに頼んでおくべきだったか？」

「オレの言葉を聞いてくれる伯父上じゃありませんよ。魔法師団のローブを羽織ってきてくれただけでも奇跡です」

お兄ちゃんの言葉に、苦笑いとため息が広い玄関ホールに響いた。

誰が苦笑いで、誰がため息か、反応の違いでそれぞれの関係性がなんとなくわかった気がした。

とにもかくにもこれでお出迎えは完了、全員と顔を合わせることができた。次は家族でお食事会。

これまた広くて豪華な食堂……って言えばいいの？　ダイニング？　ホテルの会食場みたいな部屋に移動である。

先に手すり付きの子供イスに座らされて、先ほどお出迎えした人たちを待つことに。

「わお」

次々と家族親類のみんなが席に着く中、見慣れないしお出迎えをした記憶もないキラキラした存在に、僕は思わず声を出してしまった。

輝くような長い金色の髪が少し濡《ぬ》れた、姿勢が良くて背の高いめちゃくちゃイケメンなお兄さんが登場したのである。

「初めからそうしておればいいのだ。まったく。ビッシュよ、さっさと座りなさい」

おじいちゃんがため息交じりで言う。

おお、ビッシュおじさんだったのか。さっきまでのホームレスのような雰囲気が消し飛ぶどころか、もはや別人じゃないか。

おじいちゃんからの苦言にどこ吹く風の様子のおじさん。ご挨拶したときとは打って変わった優雅な動きで肩をすくめる。

その一つ一つの動作にアマリアお姉ちゃんとお母さんが頰《ほお》を赤らめている。こら、人妻たち。

「髪が重い」

「さすがに完全に乾かす時間がありませんでしたから」

おばちゃんメイドさんが、少しだけ頰を赤らめながらおじさんを席に案内する。

うわぁ、水も滴るいい男っぷりがすごい。ダンディズム一歩手前のセクシーさもあるよ。

「ジルベール、改めて挨拶を。ビッシュだ。無事お披露目の歳《とし》を迎えたこと、嬉しく思う」

「はい、ビッシュおじさん。こちらこそよろしくお願いします」

真っすぐな目で見つめられて、少し照れてしまう。なんだこのイケメン。なんかおかしくない？

「では、改めて挨拶だな」

すでにワインを飲み始めていたおじいちゃんが、コホンと咳《せき》ばらいを一つ。

「アーカムの子、ジルベールが無事お披露目の歳を迎えた。またミドラードの活躍もあり、めでたくも王家主催のお披露目会の招待をいただくことになった。アマリアにも子が生まれ、めでたいこと続きだな」

お父さんがおじいちゃんから視線でパスをもらう。

「父上たちや兄上たちの支援のおかげでジルベールはここまで大きくなりました。また、このようにジルベールのために集まっていただき、嬉しく思います。ありがとうございます。ジルベールは我らがオルト家、そしてエルベリン家にさらなる発展をもたらしましょう」

「そうだな。それでは食事を始め……再開するとするか。グラスを」

おじいちゃんの言葉に、家族みんながグラスを持つ。

僕だけジュースである。

「乾杯」

「「乾杯」」

近くの人とグラスを合わせて、一口飲む。このジュース、かなり美味《おい》しいな。リンゴっぽい。

僕がジュースをコクコク飲んでいると、おじいちゃんがこちらに視線を向ける。

「実はジルベールだがな、魔法が使えた。ＪＯＢもない状態でな」

「おお！」

その言葉に立ち上がったのはビッシュおじさんだ。

「英雄の素質、であるな！」

「うむ。それで今日、魔術師の書を使ってＪＯＢを授けた。異例の早さではあるが、ＪＯＢもつかないで魔法を使うのは少々危険と判断した結果だ」

おじいちゃんの言葉に、家族みんなの視線が僕に集まる。

「ＪＯＢを得たことで、制御がしやすくなりました」

僕の言葉に、彼らはみんな頷《うなず》いた。

「魔法の指導はミレニアが？」

「はい。ビッシュお義兄様」

「そうか。属性はなんだ？」

「水と土です」

「土か、少々危険だな」

「土の魔法は、まだあまり使ってないです」

お父さんたちの前でやったのは、泥の塊をハンコに作り変えたのと、地面をボコッと浮き上がらせた程度だ。

攻撃魔法の、地面から槍《やり》を出すアースピアースをスリムスポアに試してみたこともあるけど、効率が悪かったからそれ以来ほとんど使っていない。

一応いくつか魔法は考えているけど、実際に試す機会がないのである。

「ふむ、ではオルト領に戻るときに僕も同行しようか。しばらく身を隠したいことだし」

「何を言っておる。仕事があるだろう」

「有休を使う。せっかく小汚くしておいたのに綺麗《きれい》に磨き上げられてしまった。また職場でキャーキャー言われるのは勘弁なんだよ」

「お前なぁ」

「いや、去年の授賞式の時にも綺麗にしただろ？　そしたら女共のせいで仕事にならんと各部署からクレームが来てだな……」

ビッシュおじさんの逸話すげえええええ。

「兄上がジルの指導をしてくれるのは嬉しいですが、よろしいのですか？」

「ああ。僕は体質のせいか髪も髭もなかなか伸びないんだ。あそこまで伸ばすのに半年もかかったんだぞ？　軽く洗われただけで髪もこのざまだし」

めっちゃ輝いてますもんね。

「髪もボサボサにするのに三ヶ月はかかるんだぞ」

「なにそのイケメン体質」

「「ぷっ」」

僕の言葉に噴き出したのはお兄ちゃんとシャルさんだ。

「いい度胸だ。厳しめに指導してやろう」

「お、お手柔らかに……」

「お前次第だな」

「がんばります」

魔法師団に所属しているっていうんだから、魔法は得意なのだろう。最上位職の賢者かもしれない。

でもこんな人が亡くなった奥さんしか愛せないっていうのは、世の男性陣からすれば朗報だよね。

「ミドラード様」

「ああ、わかった」

適当に食べて飲んでお話をしていると、お兄ちゃんにメイドさんからお声がかかった。

きっとお兄ちゃんの婚約者が到着したんだろう。

「お祖父様、少し失礼します」

「ああ、聞いておる。連れてまいれ」

この場で一番偉いおじいちゃんに許可を取って、お兄ちゃんが席を外す。

そしてしばらくこの会食場みたいな食堂に沈黙が走る。

「リリー、こちらだ」

「失礼いたします」

現れたのは白を基調としたドレス姿の女性。

髪は短く揃《そろ》えられ、どこかほんわかした雰囲気だ。

お兄ちゃんのエスコート姿が面白い。

「ルドナンツ＝カリアット伯爵が第二子、リリーベル＝カリアットと申します」

スカートの裾を少し持ち上げ、丁寧な挨拶をするリリーベルさん。

「よく来た。忙しい日に申し訳ないな」

「いえ、このような場にご招待していただき感謝しかありません」

おじいちゃんの言葉に、丁寧に返す彼女。

テーブルまで足を運び、お兄ちゃんの席の横、お父さんたちの正面に立った。

「お義父《とう》様、お義母《かあ》様、お初にお目にかかります」

「会えて嬉しいよ。ルドー隊長は元気かい？」

「ええ。この場に来られないことを悔やんでおりました」

「急な招待でしたもの。こちらこそお時間を作れなくて恐縮ですわ」

「いえ、別の機会をすでにいただいておりますので。わたくしこそ、すぐにご挨拶したくこの場に来てしまいました」

家族同士で挨拶をする機会を別に設けているみたいだ。お父さんの口ぶりだと、リリーベルさんのご家族とお父さんは面識がありそうだ。

「ジルベール君ね？　今日はおめでとうございます」

「ありがとうございます！　リリーベル義姉上《あねうえ》！」

「まあ、ふふ。ミドラのことをお兄ちゃんって呼んでいるんでしょう？　わたくしもリリーお姉ちゃんと呼んでね？」

「あ、はい！　リリーお姉ちゃん！」

ビッシュおじさんの衝撃で感動は薄れたが、リリーお姉ちゃんも可愛らしい人だ。今日会った人たちは美男美女率がとても高い。

……ゲームの登場人物だからかもしれない。

なるほど、これだけ一堂に人が集まっているのだ。ゲームのワンシーンの可能性も十分考えられるな。

「さあさあ、リリーさん。お座りになって」

「リリー」

「はい、それでは失礼いたします」

お兄ちゃんがリリーお姉ちゃんのイスを引いた後、彼女の手に自分の手を添えて座らせる。あのやんちゃ脳筋だったお兄ちゃんが立派な紳士になっているっ！

「ジル、言いたいことでもあるのかい？」

「なんでもないし」

僕の視線に気づいたらしい。

「ふふ、王子付きになって徹底的に礼儀作法を仕込まれたものね」

「リ、リリーまで」

「ふははは、丁寧になったのはリリー嬢とお付き合いをしたかったからだろう？」

「私も練習台になった甲斐があったわね」

「お祖父様！　アマリア姉上まで！」

あ、やっぱお兄ちゃん、本質は変わらないみたい。安心安心。

そしてリリーお姉ちゃんまで顔を赤くしている。ときめくポイントあった？

「関係は良好のようだね。リリーベルはお披露目の準備をしていたのだろう？　ありがとう」

「いえ、そんな。お務めですし、ミドラの弟も参加されるんですもの」

「オレは王子の相手があるから今回は免除されたけど、結構忙しいらしいね」

「お披露目の準備？」

今しているこの会の準備？

「王族主催のお披露目のことよ？」

僕が首を捻《ひね》っていると、お母さんが教えてくれた。納得。

「貴族院は毎年大忙しだな」

「この時期だけですから」

「お披露目会って貴族院でやるんだ？　お城でやるのかと思った」

王様へのお披露目って聞いたから、てっきりお城まで行くのかと思った。

「王城では広さも警備も問題があるからな。城内への不審者の侵入を防がなければならないし、子供が城内で迷子にでもなったら事だ」

「……結構、人が多い感じなの？」

そこも気になる。

「今年はお披露目のお子様だけであれば三十人といったところでしょうか。ですがそのご家族も同伴されますので、総勢はかなりの数になりますね」

「ふうむ、今年は少々人数が少ないな」

「王家にお目にかかる機会などそうそうありませんから、人が多いのは仕方ないことかと。平和でいいではありませんか」

「確かにな」

「くだらぬ功績に褒賞を与えるくらいだ。いらぬと言えぬのが煩わしい」

「お前はなぁ」

「兄上よ、ちょっと大きい程度の魔物を倒したからと毎度呼ばれてはたまらんよ？　そもそもそういった手合いを相手取るのが仕事なのだ」

「ならば断わればよかろう？　お前がわざわざ行かなくてもよいではないか」

「魔力媒体がもらえるのだから仕方ないだろう？」

「魔力媒体？」

そんなアイテムあったかな？

「魔法の威力を上げられる道具のことだ」

「そんなのあるんだ？」

やっぱり知らないな。ゲームの新作で導入された新しいアイテムかな？

「近年開発された特別な道具でな。何度か使うと壊れるが、魔法の威力が五倍近くに跳ね上がる」

「五倍っ」

それはすごいっ！

「属性ごとに違ううえ嵩張《かさば》るが、切り札にはなる」

「すごいなー、嵩張るって大きいの？」

「お前ぐらいあるかな」

「絶対に持てないや」

僕の子供ボディでは扱えなさそうだ。

「そのうち見せてやろう。それとダンジョンも見つかったのだろう？　何がいる？」

「あー、それは、その。なんだ」

お父さんの歯切れが悪い。

「……なるほど、大層なものが取れるようだな」

「兄上、どうかご内密に」

「よそにちょっかいをかけられたら厄介なんだな？」

「はい」

「わかった」

ビッシュおじさんは物わかりが良さそうに頷く。

この人、結構おしゃべりが好きみたいだ。

「父さん、そのダンジョンのことなのですが」

「どうしたミドラ」

お兄ちゃんが困り顔でお父さんに話を切り出す。

「レオン殿下が興味を示されています」

「「はぁー」」

おじいちゃんとイーラスおじさんが一緒にため息をついた。

「なんと言っている」

「そのうち行こう、と」

「そのうちなんだな？」

「なんとか止めましたが。見つかって間もないうえに弟のお披露目で父がこちらに来るから、と」

「よくやった、と言えばいいのか……」

「まあミドラードでは止められるものではなかろう。すぐに行動を移させなかったのだからよくやったと言うべきだ」

「ですね」

イーラスおじさんとおじいちゃんが諦めたような声を出す。

「いつ頃来られるだろうか」

「恐らく、夏かと」

「夏の終わりにはシュラート国の王子の訪問があったはずだが？」

「そのシュラート国の王子もなかなかに腕の立つ方のようで。来られる前に語れる武勇を増やしておきたいのではないかと」

「ロイド殿下か。なんでも拳《こぶし》一つで戦う拳闘士スタイルだとか」

アクティブな王子様が多いなぁ。

「わかった。陛下に話を通しておこう」

「ええ。騎士団の派遣も急いでもらわなければなりませんね」

ダンジョンに騎士団？　なんか変な組み合わせだ。

「ジル、気になるかい？」

「ダンジョンって騎士団よりも冒険者が入るってイメージなんだけど」

僕が首を捻っていると、お兄ちゃんが聞いてきた。

「大きい街ではそうだね。でもオルト領にはあまり冒険者がいないんだよ。それでも今まではあまり問題が起きてなかったし、貴重な素材が手に入るわけでもなかったからね」

「そうなの？」

でも南の森にはかなりいい素材になる魔物の森があったと思うけど。生態変わった？

「ああ。深きフェルブの森があるけど、あそこは難易度が高いからね。魔物が森の外に出てこないから重要視されていないんだ」

「そうなんだ」

「そうだ。だがダンジョンは別だ。魔物が溢《あふ》れてくるからな」

うちの領もコボルドの被害に悩まされてたもんね。

「ダンジョンとその周りを開発させる。そうすれば人が集まり、人の出入りも増える。オルト領の発展はもはや確実だろう」

「よその貴族やギルドなんかの権力者が横やりを入れてくる場合もある。今のうちに王家に頼ってこちらで囲い込んでしまいたい、といったところか」

面白くなさそうに、ビッシュおじさんが指でテーブルをコンコンと叩《たた》く。

「子供に話す内容ではないが、まあそういうことです」

「ふむ。ではこちらで動くとしよう」

ビッシュおじさんが立ち上がって、ローブを翻した。

「何を？」

「なに、弟の領のダンジョン調査の許可をもぎ取ってくるだけだ。僕が責任者になれば下手な連中は手が出せないだろう。騎士団もこっちで指定しておこう」

「それは助かりますが……どちらにお話を持っていかれるので？」

「ラドワーク侯爵家だ。あそこなら顔が利く」

「ふむ。悪くないな。私も一筆《いっぴつ》書こう」

「こんな夜分に大丈夫でしょうか？」

「昼間では人目があるだろう？　いまくらいの時間が逆にちょうどいいさ」

ビッシュおじさんがグラスに残っていたワインを一気に飲んで、おじいちゃんに視線を送る。

「わかった。執務室に来なさい。みな、急で悪いが今日はここまでにしよう。アーカム、お前も来なさい」

「わかりました」

「まあまあ、慌ただしいですね。明日にできませんの？　ジルベールのお祝いの席なのよ？」

おばあちゃんがにこやかに、それでいて太めの釘《くぎ》を刺す。

「母上、いまのうちに済ませておかないと僕がアーカムの領に行くのが遅れる。僕は家族と一緒に行きたいからね」

「はぁ、まったくしょうがない子ね」

おばあさんが『家族と一緒に』という言葉に敗北を認め、首を横に振った。

「これで有休を使わないで済むな」

ボソッと呟《つぶや》いたビッシュおじさんの言葉が少し面白かった。

「ここが貴族院だ。いい子にしているんだよ？」

「ご案内はわたくしが付きます。大役を得られて嬉《うれ》しいわ」

「ああ、よろしく頼む。ミドラ、お務めしっかりな」

「はい」

小学校や中学校ではなく、地方の大学みたいな広さの敷地と建物の数に目を奪われる僕だ。ここが貴族院。門も立派なものだ。ホグ〇ーツ？

貴族院は王都にあって王都ではない。王都を囲む外壁の外にある、巨大な施設だ。

王都から出てこちらに向かうと聞いたとき、襲撃なんかが起きるのだろうかと身構えたが、そんなことはなかった。

多くの馬車が車列を作っていたし、窓の外にはどのタイミングで見ても護衛と思われる人たちが立っていたからだ。セキュリティは完璧に見えた。

「ではこちらに、どうぞ付いてきてください」

ドレス姿ではなく、パンツルックの騎士服を着たリリーお姉ちゃんの先導で案内される僕ら。

大きな施設の一つに連れていかれ、そこで何か手続きをしている。そしてそのまま部屋に通された。

かなり広いけど、個室かな？　あ、シンシアとマオリー、それとクレンディル先生もいる。

「お待ちしておりました、ジルベール様。こちらに」

「はぁ、はい、え？　何？」

「さあさ、おめかしの時間ですよ」

お母さんにも背を押され、僕はそのまま個室にあった鏡台の前に座らされた。

「では失礼します」

僕に大きな布がかぶせられると、その布から頭が出る。あれだ、名前わかんないけど、床屋さんとかでかぶせられるあれだ。

「水よ、その力を示せ」

お母さんが呪文を唱えて僕の髪の毛を濡《ぬ》らす。

「髪の毛切るの？」

「揃《そろ》えるだけですので」

「はぁい」

「ジルベール坊ちゃま」

「はいっ！」

いつものように返事をしたら、クレンディル先生に睨《にら》まれた。

リリーお姉ちゃんがクスクス笑っている。

「お兄ちゃんはどこに行ったの？」

「ミドラは殿下のところだ。あれで護衛の一人だからな」

「王子様の護衛かあ、お兄ちゃん強いんだ？」

戦っている姿を見たことがないからわからない。

「ミドラちゃんは騎士を持っているだけの貴族よりも実力がありますよ？　殿下のチームとしてダンジョンに籠《こも》ってますし」

「王子様ってダンジョンに行くんだ」

不思議でならない。

「貴族院を出ると、そのまま職業校に移りますから。殿下は貴族院で縁があった方とチームを組んでいるんです」

「普通は騎士団から出すんだがな」

お父さんが呆《あき》れた声を出した。うん、安全性を考えると、実力の高い人と組むべきだと僕も思う。どっちにしても経験値は稼げるんだし。

「殿下がそれは面白みがないと。その代わり中級までのダンジョンしか行けないですし、行動範囲も縛りがあります」

フィールドでも難易度の高いところがあるからね。そういう場所にも行けないようにしてあるんだろう。

チョキチョキと髪を切り揃えられると、今度は顔にパフを当てられた。

「ジル様には必要ないかもしれませんね」

「子供だからか、肌が綺麗《きれい》ですもの」

「ジルベール様はお風呂も好きですからね」

「綺麗好きでいいではないですか。ほっほっほっ、清潔な男はモテますぞ」

僕の顔を好き勝手するのはマオリーとお母さんだ。

シンシアは声だけ聞こえてくる。

その時、ドアがノックされた。

「オルド子爵、おられますか？」

「ああ、入ってくれて構わない」

お父さんが言うのと同時にドアが開かれる。シンシアが動いた気配がしたからドアはシンシアが開けたのかな？

僕に聞こえないレベルで二言三言しゃべると、お父さんは鏡越しに顔を見せた。

「少し挨拶に出てくる。ジル、今日はお母さんのお人形になっていなさい」

「仰せのままに」

「あらやだ、どこで覚えてくるのかしら？　この子は」

お父さんからだよ。

僕からの鏡越しの視線にお父さんが苦笑い。

お父さんは僕の頭を撫《な》でようとして、マオリーに素早く手を掴《つか》まれた。そしてさらに深くなった苦笑いをしつつ、僕の肩を軽く叩《たた》いて出ていった。

「さて、次は何をしようかしら」

「少し頬《ほお》に紅《べに》を差ししましょう。赤い髪と瞳には大層似合いそうです」

「そうね、そうしましょう」

そうやっておめかしをされる僕。よくよく考えると、これって七五三のお祝いだよね？　写真とか撮りたがる両親の方がどっちかといえば気合が入ってる感じの。


「今年もこれだけの貴族の子と、こうして出会うことができた」

遠くに見える、壇上で話をする人がまた代わった。王冠っぽいのをつけてるから王様かな？　なんかしみじみと挨拶を始めた。

中庭的な場所にイスがたくさん並べられて、そこに家族と共に座らされている僕だ。

本当に色んな人から挨拶をもらって、まるで頭に入ってこないし覚えていられない。退屈である。

だがこういう偉い人が集まっている状況でこそ、何かしらイベントが起きる可能性が高い。

僕は油断をしないお子様なのである。

たまに子供の泣き声にびっくりすることがある程度で、話は続く。あれだな、小学校とかの入学式みたいなもんだ。

しかし子供たちが一人一人挨拶するのかと思ったが、偉い人が僕たちの名前を呼んだだけで、王様と挨拶するわけではなかった。

クレンディル先生とあんなにいっぱい練習したのに、と思わなくもない。

「であるからして、歴史と伝統ある我が国の……」

王様の話が続く。

王様の話がまだ続く。

というか外でやってるけど、雨とか降ったらどうなったんだろうか。雨天中止なのかな？　天気をコントロールする魔法でもあるのだろうか。

めっちゃ天気いいから雨の心配もないけど。

「このような場を例年通り設けることができ……」

うんぬんかんぬん。

ぶっちゃけ聞いてて飽きる。

これなら何かしらのイベントがあってもいいんじゃないか？

あ、終わった。

特に何も起こらないらしい。

「終わった」

「初めて来たけど、長いだけねぇ」

「そんなことを言うものではないぞ？　さあ、閣下のところに行こうか」

会も終わったみたいで、子供を連れた家族が各々動き始めている。

僕もお父さんとお母さんに連れられて、中庭から別の建物に移動だ。

「アーカム」

「エル……、ダルウッド伯爵」

王都まで一緒に移動したダルウッド伯爵家だ。お父さんもなんか変な反応になっている。

コンラートもいるな。

「退屈だったね」

「イスも冷たかったしな」

大人同士で話すなら、こっちは子供同士で会話だ。

コンラートの言う通り、お尻が冷たくて我慢が必要だったんだ。具体的に何がどうとは言わない紳士なお子様の僕だが。

大人たちは話しながら移動するようで、僕たちも大人しく付いていく。

最初に案内された個室の近く、少し離れた部屋に移動した。

扉の感じが個室とは違う。扉の両側に兵士も立っているし、中に偉い人でもいるのだろうか。

案内された部屋に入ると、待っていたのはモーリアント公爵家の面々。おじいちゃんや見たことのない大人も多くいる。

「コンラート、ジル、こっちよ」

「サフィーネ姫様」

以前会ったときの三倍くらいおめかしした、子供用のフリフリドレスを着た姫様だ。

「姫様、可愛《かわい》らしい格好ですね。お似合いです」

「あら、ジルこそ。あなたお化粧したら女の子みたいね」

コンラートが硬直していたので僕が声をかける。

「さ、ジルベールカードで遊びましょ」

「いいんですか？」

あれは根回しをしてから世に広めるんじゃないの？

「ここなら大丈夫だって、お父様が言っていたわ」

「そうなんですね」

「はばつ？　の集まりだから平気なんだそうよ」

「なるほど」

納得です。

貴族たちの中でも、閣下の信用できる人間しかここにはいないってことね。

ここにもキッズスペースが用意されている。

あれ、お兄ちゃんだ。

「やあ、三人とも。今日はおめでとう」

「レオン兄さま、ありがとうございます」

可愛らしく挨拶をする姫様。あれ？　れお……ん？　お兄ちゃんと一緒にいる、れおん？

金色の髪に赤い瞳、お兄ちゃんと比べると細身で背も低い、輝くような笑顔の少年。

「あっ！」

「ん？」

「い、いえ、えっと」

僕はクレンディル先生に教えられた王族への礼をとる。

つまり跪《ひざまず》いてのご挨拶だ。

「ああ、いいよ、いいって。子供にかしずかれるのは申し訳ない」

「ジルベール？　どうした」

「コンラート、レオン殿下だ。レオンリード＝フランメシア＝アルバロッサ殿下」

僕の言葉にコンラートが固まった。

「お、おうじさま」

ここで、王子様！　スゲーっ！　っとはならないのが貴族の子供である。あわてて僕に合わせて王族への礼をとった。

「二人とも、殿下がこうおっしゃってる。楽にするといい」

「や、お兄ちゃん。そんな簡単に楽にできるもんじゃないよ？」

僕の脇を抱えて持ち上げたお兄ちゃんは、殿下に僕を差し出す。

「殿下、うちの弟だ。可愛いだろう？」

「よろしく。レオンと気軽に呼んでくれればいい」

「ジルベール＝オルトです。えっと、兄がお世話になって、ます？」

持ち上げられてぶら下げられたまま王族へ挨拶するのは前代未聞の事態ではないだろうか？

「随分と面白いものを開発したみたいだね。会えるのを楽しみにしていたよ」

「あ、あはははは」

気軽に頭を撫でないでほしい。

「さあ、そっちの子も一緒に遊ぼう」

「は、はい！　コンラート＝ダルウッドです！」

「うん、よろしくよろしく」

軽い調子で手を振って、姫様と手をつないでキッズスペースに移動する王子様。

僕はお兄ちゃんに抱えられたままだ。

「お兄ちゃん」

「どうしたジル」

「次からは前もって教えておいて」

「はっはっはっはっ……すまん。オレも前もって教えてもらえればそうする」

あ、うん。突発的な事態だったんですね？　わかりました。

無駄に緊張を強いられるカード遊びの時間がこれから待っているようだ。

王子様と姫様、お兄ちゃん、コンラート、僕のメンバーでカード遊びを開始する。

うう、嫌な時間だよぅ。

「サフィーネゲームもなかなか面白いね」

「当たり前でしょう！　わたしの名前が入っているんだもの！」

「このカードの組み合わせの役も考えられているね」

「お、恐れ入ります」

丸パクリですみません。

「ジルは昔から計算を覚えるのが早かったですから」

「ジルベール、お前、すごいんだな」

変によいしょするんじゃありません、何度も言いますがパクったものですから。

「黒星に、片落ち、数合わせに二十五、七並べ。このカードだけで随分と遊べるものだね。カードは武器だとばかり思っていたが、よもやおもちゃになるとは」

ディーラー役のファラッドさんからカードを奪ってシャッフルしている王子様。

どうにもシャッフルするのが好きらしい。でも配るときはファラッドさんに渡している。

「他にも色々考えられそうだ」

「その辺は僕の口からはなんとも」

王子様がこちらに視線を送ってくるけど、勝手に新しいゲームを出すなと言われている以上、口を閉ざすしかない。

「ジル、一つ教えてさしあげなさい」

「お父さん？」

王子様と僕たちのゲームを眺めていたお父さんが、声をかけてきた。

「『真偽』があるのだろう？」

「……結構キツいのをチョイスするね」

「真偽？　ほほう？　それは楽しみだ」

「でも少し意地が悪いから、姫様かコンラート君は抜けた方がよいかも？　四人がちょうどいいと思うけど」

「やるわよ！　のけ者になんてさせないわ」

「オレもやるぞ！」

「じゃあオレが抜けようか。四人のが都合がいいんだろう？」

お兄ちゃんが抜けてくれた。

まあ、四人になるならいいかな。

「じゃあルールを説明しますね。単純なゲームです。裏返しにしながら1から順番にカードを出すだけ。最初にカードを出しきった人の勝ちです」

僕はファラッドさんにカードを配ってもらう。

「カードは一度に何枚出してもいいです。それと、手持ちに順番の数字を持っていなくても、カードを出さないといけません。つまり、1と言いながら嘘《うそ》のカードを出さないといけないのです」

「嘘？」

「そしてそのカードが本当だと思ったら次の人がカードを出し、嘘だと思ったらそれを嘘だと伝えます。二枚の星のカードは何のカードにでも代用が可能とします。皆さんカードを持ってください。レオン殿下、1のカードを出してください」

「ああ、1だ」

「では姫様、2を殿下のカードに重ねて出してください」

「……2よ」

「ここで僕が姫様のカードが2じゃないと思ったら、指摘します。それは2じゃないですね？」

僕がカードをめくると、そこには風の2のカード。

「僕は姫様のカードを嘘だと指摘して確認しました。ですが実際には2だったので、今まで場に出ていたカードが僕の手元にきます」

僕の手元にカードが2枚きた。うお、いきなり1じゃなくて5が出てるし。王子様、やるな。

「じゃあコンラート君の番、3ね」

「3だ」

「ここでコンラート君のカードに僕が指摘します。それ、3じゃないよね？」

「なんでわかった!?」

顔。

「こうして指摘して、実際に違うカードを出していた場合、そのカードと場に出たカードを先ほどの僕のように拾います。こうして1から数字を出し合って13になったら、山がなくなり、リセット。また1からカードを出していきます」

「ふむ。1から13までを順番に出していくのだな」

「そうです。時には嘘をつき、時には相手の嘘を見破りながらカードを減らしたり増やしたりしていって、カードが最初になくなった人の勝ちです。ゲームの名前は、『真偽』ですね」

「ふむ、面白そうだ。やってみるか」

やったことのないゲームに、王子様の目が光る。

このゲームはシンシアとクレンディル先生、お父さんやお母さんとやったことがある。

あまり子供向けではないなと前に言われたから、姫様には教えていなかった。

「では早速やっていきましょう」

「はい。カードを配り直しますね」

ファラッドさんにカードを渡すと、彼はシャッフルをして再びカードを配った。

コンラート君、大丈夫かな？

このゲームは日本で『ダウト』と呼んでいたゲームだ。

ダウトのままでもよかったけど、こちら風に名前は『真偽』にした。

何度かやると、みんな慣れてくる。自分の手札に同じ数字が四つ揃ってたりすると、確実に指摘するようになったりもしてきた。

「それ、違うわね」

「ぬおー！」

「これは……合っていそうだな」

「殿下、それ違いますよね」

「ジルベール、お前よく殿下に指摘できるな」

「ゲームだもん、遠慮する方が失礼だよ。殿下、カード全部どーぞ」

「一気に倍以上になったな……なかなかどうしてみんなうまく嘘をつくな」

このゲームはいかに嘘をつくか、見破るかのゲームだが実はそれだけじゃない。

自分の順番にくる番号はわかるので、いかに嘘をつかずに後半を乗り切れるかのゲームだ。

それが初めからわかっている僕は、あっさりとクリア。

カードを出すときに顔に出やすいコンラートが苦戦中。

それとすぐに指摘したがる姫様もなかなかカードが多い。

「抜けてしまったな」

「序盤で一騎打ちになっちゃうと、途端にスピードが落ちるんですよね、このゲームって」

二人ともカードが多いからだ。しかも一周するまで奇数か偶数かに分かれてしまう。

「3、嘘ね」

「くうっ」

「8、嘘ですよね？」

「もう、終わらないわ……」

お互いにカードが増えて減ってを繰り返して、13になっても外れるカードの数が少ない。

「待っているのも退屈だな」

「二人抜けた時点で終わりってルールにしてもいいんですけどね」

決着をつけたい場合もあるから、その都度変更した方がいいように思う。

その後、何度かダウト……真偽を続けた。

「よい余興になった。今日は楽しめたよ。ありがとう」

「いえ、お祝いの言葉、ありがとうございました」

「……君は、子供っぽくないね」

そうかな？　貴族の子供ってみんなこんな感じじゃない？　まあ実際に僕は子供ボディなだけで子供じゃないけど。

「なんでもお兄ちゃんを甘やかしたから、僕は厳しめに育てているらしいです」

実際には全然厳しくないけど。

「そうか、まあミドラが兄ではそうなるかもしれないな」

「……お兄ちゃん、何かしました？」

「そうだな、こういう話は本人がいないときにしよう。私の肩が痛い」

お兄ちゃんが王子様の肩に指をめり込ませてる。失礼すぎない？

「楽しみにしています」

「ああ、今度ゆっくり話そう」

社交辞令だと思うけど、お兄ちゃんの失敗談が聞けるかもと思うと本当に楽しみになる。

王子様はお兄ちゃんの手を振り払い、離させると立ち上がる。

そしてゲームを眺めている閣下に何か話すと、お兄ちゃんを連れて部屋の外に出ていった。

「すまん、一緒に行けなくなった」

「責任者になっちゃ、そりゃあ無理なんじゃない？」

夜になり、屋敷に戻ってきた僕たち。

ビッシュおじさんも帰ってきて、開口一番に言ったのがその一言だった。

普通に考えて、責任者になったらその騎士団を率いる立場になるんだから、そっちの準備ができるまで一緒にいないと駄目じゃない？

「くくく、ジルの言う通りだな。大人しく部隊を率いてくるんだな」

「くそ、失敗した」

おじいちゃんが笑いながらそれを指摘する。

「規模はどの程度になるんですか？」

「今の段階で確定してるのは、中隊を工兵隊とセット。それと魔法師団から僕を含めて三人だ」

「結構いい人数だな」

「予算ももぎ取ったから安心してくれていいぞ」

「さすがです兄上」

「ああ。だが一部食料は現地調達になりそうだ。すまないが購入できるように手配をしてくれ」

「うちの領にも余裕があるわけではないのですが」

「それはこっちの商会で用意しよう」

おじいちゃんが請け負ってくれるらしい。

「ダンジョンの探索もそうだが、ダンジョンに行くまでの街道の整備、それと例の昔あったという森の中の村の再開発がメインだな。さすがに空《から》の魔導書が手に入るとなると、王家も協力的だ。もともと騎士団の派遣はする予定だったらしい」

今日はリリーお姉ちゃんがいないからか、遠慮なく言えるようだ。

「空の魔導書のドロップ量次第だが、今後は魔導書の紙片も重要になるぞ？　大丈夫か？」

「正直ジルベールカードのほうは読めませんが、空の魔導書に関してはすべて当家の預かりにする契約を青い鬣《たてがみ》としているので、それを延長にすれば問題ないかと。王家の取り分は二十五％で話をつけるつもりですが」

「まあ妥当なところではあるな。あとは空の魔導書を扱える錬金術師の手配か……これぱっかりはな」

「ええ。どうしても連中に頭を下げる必要がでてきます」

「しばらくは王家に頼るか……城には職業の書を作成できる錬金術師がいるからな」

ああ、そういえば作れる人があんまりいないんだったっけ。

僕が早く錬金術師になれれば道具を揃《そろ》えて作れるようになるんだけど。

「ジルベールカードの件といい、オルト家は忙しくなるな。ミドラードを早めに戻した方がいいのではないか？　もう騎士にはなったんだろう？」

「レオン殿下が卒業なされるまではあいつを外すことはできん。それこそアーカムが死んだりしない限りは無理だ」

「それほどなのか」

「殿下に意見ができる数少ない人物、というのが国でのミドラの評価だからな」

「お兄ちゃん、何気に重要人物だね」

「というかレオン殿下が人の話を聞かなすぎるのが原因だ。ミドラもなかなか苦労しているようだからな」

　レオン殿下ってまさかのわがまま王子様？　そんな感じはしなかったけど。

「無理なものはしょうがない、か。話は変わるが、僕の自由にできる連中が手に入ったのでな。少々指示を出しておいた。明日ジルベールを借りるぞ？」

「ジルを？　明日はリリー嬢の家に挨拶をしに行くのだが」

「ジルはいなくてもよかろう？」

「ジルはともかく兄上には来ていただきたかったのだが」

　あ、リリーお姉ちゃんのご家族への挨拶か。

　確かに僕はいてもいなくても関係なさそう。

「お前たちだけで行ってくればいい。ジルに必要なことをするだけだ」

「……変なことをさせないのであれば」

「問題ない」

「何をするんですか？」

「なに、ちょっと安全に、狩りだ」

ビッシュおじさんの言葉に、僕は目をパチパチさせる。ＫＡＲＩって狩りですか？


「お待ちしておりました」

「ああ、準備はできているか？」

「ええ、全員張り切りましてな」

「助かる」

ビッシュおじさんに連れられて、馬車に乗り到着したのは王都の外壁から離れた場所。遠目に貴族院も見える。

「こんなところで何をするの？」

「狩りだ。安全が約束されたな」

馬車からシンシアに降ろされながら、僕はビッシュおじさんに視線を向ける。そうするとおじさんは離れて並ぶ騎士たちに目を向けた。

「どれだけ集まった？」

「三百ほど。一晩で随分集まりましたよ」

「よし。ジルベール、こちらに来なさい」

「はぁい」

ビッシュおじさんの指示を受け、そちらに足を運ぶ。

待っていたのは、大きな穴だ。

「うわ、きもいっ……」

「魔物は初めてか？」

「えっと、こっちに来るときにボールゼリーを見たくらいかな」

実際には今見てるやつの細いバージョンを倒したことあるけど。

「スポア、だよね？　キノコの魔物」

「そうだ。この辺にいて初心者に倒しやすく捕まえやすい魔物だな」

穴の中にひしめくのは僕の胸くらいの高さがある太ったキノコ、スポアだ。

「これからお前にこいつらを倒してもらう」

「へ？　狩りってそういう狩り？」

「そういうことだ」

地面に大きく開けられた穴、その中にひしめくスポア。それを見下ろす僕たち。

「これを使って、お前に攻撃をしてもらう」

「魔法のカード？」

「そうだ」

おじさんは箱の中いっぱいに入った魔法のカードを見せる。

「攻撃魔法の使えないお前でも魔道具ならば起動ができる。炎を中心とした比較的攻撃力の高い魔法カードを可能な限り用意した。これを使って上から攻撃をしなさい」

「なんというパワーレベリング」

穴にひしめくスポアは、騎士の人たちが集めたのかな？　ご苦労さまです。

「この時期は貴族院の新人もいないですし、冒険者たちも活動を始めるにはまだ寒いですから、思ったよりも数が集められましたよ。プルウルフでは穴から飛び出てくる可能性もあるし、ボールゼリーだと穴に落ちた衝撃で死んでしまう個体もありますので、スポア限定ですが」

得意げな顔の騎士さんが、満足そうに教えてくれた。

「あれ？　僕のこと知ってる感じ？」

「彼らはオルト領に派遣される予定の騎士だ。すでに命令も受けている。向こうで肩身の狭い思いをしたくなければ、ジルベールのことは黙っていてくれるさ」

「そういうことです」

おじさんの言葉に、騎士の男性も頷《うなず》いている。

「じゃあ早速やってみるがいい」

「魔法のカード、高くなかった？」

ゲーム時代でもそれなりに手に入ったアイテムだが、魔物のドロップやダンジョンなんかで宝箱から入手したものがほとんどだ。

店で売ってたけど、そこそこ高かった記憶がある。

「問題ないさ。金ならある」

「一度は言ってみたいセリフですね」

うん、うちのおじさんがごめんね？

「いいからやりなさい。手に持って、魔力を込めるんだ」

「はぁい」

僕はカードを手に持って、言われた通り魔力を込める。

これはファイアボールの魔法のカードのようだ。

「穴に向かって投げなさい」

「えい」

言われるがまま、魔法のカードを投げると、その魔法のカードがファイアボールに変わりスポアの群れに飛び込んでいった。

ゴウッ！

ものすごい音と共に穴の中で爆発が起きて、スポアたちをまとめて飲み込んでいく。

「すごっ」

「ふむ。随分良い出来のカードだったようだ」

道具を使っただけなのに、立ちくらみがして体がフラついた。

「ジルベール様っ！」

「あ」

シンシアが体を支えてくれた。

「魔物から発せられた力を得たからだろう。これだけ一度にスポアを倒したのだからな」

「なんか脱力感がすごい……」

シンシアが後ろから抱きしめてくれたので、倒れずに済んだ。そこでシンシアのお膝に座らされる。

「これを飲みなさい」

おじさんが心配そうな顔をしながら、赤い飲み物を出してくれた。

手が上がらない。

おじさんからそれを受け取ったシンシアが、僕の口元に近づけてくれた。

「んく、んく」

ちょっと苦いけど、飲めなくはない。

「はふ、ちょっと楽になってきた」

「肉体的に成長したのだろう。魔物を大量に倒すと稀《まれ》にそういうことが起きる」

「成長？　背が伸びたってこと？」

「いや、頑丈になった、と言った方が正しいかな？　あとスタミナも増すはずだ」

……あれかな？　レベルが上がって最大ＨＰが増えたけど、体がびっくりしちゃったとかかな？

「スポアでそのような事態になるでしょうか？」

「子供だからな。しかも普通の子よりもさらに小さい」

思えば相手はスポアだ。スリムスポアの同種、つまり同種討伐ボーナスが発動しているのかもしれない。今まで何匹のスリムスポアを倒したかなんてわからないから、ボーナスがどのくらい出てるのかもわからないし。

「異常はないか？」

「ちょっと、頭も痛い……かも」

「こちらも飲みなさい」

今度は自分の手で受け取って、それを口に少し含む。

「にがひ……」

「薬だからな」

なんだろう、ホウレンソウとピーマンをミキサーで混ぜてドリンクにしたような味だ。

「もう少し飲みなさい」

「はぁい……」

我慢して飲むと、イス代わりになっていたシンシアが優しく撫《な》でてくれた。

「よし、元気出てきた」

「もう平気か？」

「うん。カード貸して」

「無理はするでないぞ？」

おじさんが魔法のカードをくれたので、再び発動する。

「離れろっ！」

おじさんの叫び声と共に、爆音がこの場を支配した。

「うわぁ！」

シンシアに抱きかかえられて、一瞬にして移動した僕である。

視線の先にはいまだに黒煙が止まらないスポア穴。

「とんでもない威力だ……」

「ビッシュ様っ！　なんてものを用意したのですかっ！　いくら旦那様のお兄様といえども」

「すまぬ、完全に予定外であった」

「ジルベール様に何かあったらどうする気ですかっ！」

「しん、しあ」

「ジルベール様っ」

抱きしめられた僕はぐったりだ。

「お怪我《けが》はなさそうですね、よかった」

本気で心配してくれたのか、僕を優しく抱きしめてくれる。

「あたま、いたい」

死ぬほど痛い。

「ぶつけましたかっ!? 破片でも飛んで!?」

「いや、魔力欠乏症の一種だろう」

「そこまでの魔力を使わせたというのですか! 何を考えているんですっ」

「いや、そうではない」

おじさんが僕の口元にまた苦い緑の飲み物を近づける。

さっきこれを飲んで回復したので、大人しく飲む。

「もうちょい」

「少しずつでいい」

「うん」

コクコク飲むと、シンシアが僕の顎《あご》にこぼれた飲み物を拭《ぬぐ》ってくれた。

「とんでもない威力だったよね」

「魔法のカードは使用者の属性で大きく左右される。水に適性があるから火に適性はないと思ったが」

「どういうことですか?」

「ジルベールは火にも適性があるということだ。シンシア、これを使ってあちらの離れた岩を狙いなさい」

僕を抱きかかえたまま、シンシアが魔法のカードを使う。

バスケットボールサイズの火の弾が放たれ、その岩を炎が包む。

「これが一般的な威力だ。だが僕が使うとこうなる」

今度はおじさんが使った。

放たれた火の弾は、軽自動車くらいある。

先ほどの僕の魔法より弱いが、かなりの爆発と爆音が発生し、その熱がここまで届く。

「僕と同様に、火に適性があるのだろう。であれば、ファイアボールも見て覚えたかもしれん。ジルベールよ、火の魔法は僕が許可をするまで使用するでないぞ？　全員、このことは口外法度とする。その分報酬ははずもう。よいな？」

「はっ！」

「それよりも、想定しておいてしかるべきことではないですか？　ビッシュ様」

あ、シンシアが怒ってる。

「む、それはそうかもしれぬが」

「そうかもではございません。旦那様からジルベール様をお預かりしているのですよ？　これ以上は許せません。こんなに震えておいでなのです」

え？　あ、ほんとだ。色々あってパニックになってたけど、めっちゃ体が震えてる。

「しかし、まだスポアが」

「関係ありません」

シンシアが僕を抱っこしたまま馬車へと向かう。

「シンシア、待って、待って」

「いけません」

確かに自分のしたことは怖いけど、いつゲームのシナリオが始まるかわからない状況。

このチャンスを逃すと、次はいつになるかわからない。

「あの火の危ないのじゃなくて、水の魔法で普通にやればいいよ」

「ダメです」

「シンシア、お願い」

僕を抱っこしてスタスタ歩き、馬車に乗せてしまう。

「しんしあぁ」

「くっ、可愛《かわい》い顔をしてもいけません」

「大丈夫だから、シンシアが手を握っててくれればいいから」

「……ダメです」

「せっかく騎士さんたちが集めてくれたんだし」

「彼らは仕事をこなしたに過ぎません」

「ねえ、シンシア」

「いけません」

「しんしあ、おねがい」

必殺、上目遣《うわめづか》いっ！　これならどうだ！

「……私がずっと抱きかかえています。異常を感じたらそこで終わりです。よろしいですね？」

「ありがと、シンシア」

「まったく。あざとい子になりましたね」

感謝をしつつシンシアに抱きつくと、ため息交じりに頭を撫でてくれた。

うん、僕はシンシアが大好きだ。

「戻ったのか」

「ジルベール様の希望ですので。異常がありましたらすぐに帰ります」

「わかった。シンシアの判断に任せよう。しかし護衛でもあるのだろう？　両手が塞《ふさ》がっててよいのか？」

「足さえ自由ならばジルベール様を連れて逃げられます」

なんとも男前なことを言うシンシアである。

「では魔法カードを」

「いえ、残りはジルベール様の水の魔法で倒します。カードは危険ですから触らせません」

「水の攻撃魔法など使えるのか？」

これは僕に対する質問だ。

「うん。当てるだけだよね」

「水の魔法で威力を出すのはむずかしいぞ？　水の魔法は苦手だから手本も見せられぬ」

大丈夫、僕はゲームでの知識があるし、色々なファンタジー作品を真似て魔法をいくつも生み出してるから。

「スピアスネーク」

僕はシンシアに抱っこされたまま、右手だけ上げて魔法を生み出す。

「シンシア、見えるところに」

「かしこまりました」

シンシアが穴の淵《ふち》まで僕を運んでくれる。

「いけ」

僕の放った水のヘビは、散り散りに残ったスポアたちを一匹ずつ貫いていった。

十匹ほど倒したあたりで、魔法が消える。そうしたらまた水のヘビを生み出した。

「ジルベール様」

「ん？」

「水がスポアを貫いてるのですが？」

「そういう魔法だから」

水自体は魔法で生み出した普通の水だ。敵に向かっていくときだけものすごい速度になって貫通していくのが、この魔法の効果だ。

水だから何度か敵に当たると散ってしまうので、そのたびに生み出し直さなければならない。

「便利な魔法ですね」

「たぶん、硬い魔物には効かないと思うけどね」

あくまでも水が勢いよく突き進んでいく魔法だからね。

「先ほども言ったが、水の魔法は威力が出しにくい。どちらかといえば対人用の属性だ」

「基本的に水をぶつけるだけの魔法が多いもんね」

「そうだな。それをよくもこのように変化させた」

「頑張りました」

おじさんは満足そうに頷くと、また僕の生み出した水のヘビに視線を向ける。

先ほどの火の爆発魔法でほとんどのスポアを倒していたので、取りこぼしを片付けるだけだ。それはそこまで時間をかけずに終わる。

「終わったな」

「わかりました。全員整列っ！」

周りの警護や穴から魔物が上ってこないように監視していた騎士の人も含めて、全員が集まった。人数は十二人。

「皆の者、我が甥《おい》のために無理を言ったな。助かった」

おじさんが全員に向かって言う。僕は相変わらずシンシアの胸の中だ。

「先ほど見た通り、我が甥は魔法に非常に優れた能力を持っている。この年齢でこれほどの力を持つ者など、そうはいないだろう」

すみません、属性結晶によるドーピングの結果です。

「お前たちが向かう予定のオルト子爵家の大事な跡取りの一人だ。お前たちはそのオルト家の発展と民の防衛のために向かうことになるが、この子も大事な護衛対象だと覚えておいてほしい」

「はっ！」

綺麗《きれい》に揃った返事に、おじさんは笑顔で頷く。

「これだけの素質のある子供だ。今後狙われる可能性もある。そのために父親は異例の速さでこの子にＪＯＢを与え、このように魔物の討伐も行った。その意味をよく理解してほしい」

そう言い、おじさんは懐から袋を取り出した。

「今回は急遽《きゅうきょ》、活動をしてもらった。先ほどの口止めも含めた報酬だ。受け取ってほしい」

おじさんが一人一人にお金を配る。

おじさんはありえないくらいの輝きを持つイケメンだ。男性騎士も女性騎士も、間近まで来たおじさんの顔を見てポーッとしている。

「少し余ったな。ビシャス、適当に残りは使え」

「……よろしいので？」

「ああ。オルト領は遠いぞ？　今のうちに隊の者に英気を養わせ、腹を割って話しておくがよい」

おじさんがリーダー格っぽかった騎士さんに残ったお金を袋ごと押しつける。

「……聞いたな！　余すことなく使うぞっ！　全員都に戻ったら予定を空けておけっ！」

「「ありがとうございますっ！」」

おじさん、イケメンなうえに太っ腹だなぁ。

「半数は馬車の護衛に、半数は後片付けだ。僕の護衛も頼む」

「了解っ！」

おじさんが指示を出しきったようで、シンシアに頷く。

「ジルベール様、彼らにお言葉を」

「え？　あー、うん。ありがとうございました」

特に何も思い浮かばないので、適当に感謝の言葉を投げた。

そんな挨拶でも問題ないのか、いまだに僕を抱えているシンシアが馬車へと向かう。

「おつかれさまでした」

「うん」

そしてシンシアに先ほどの赤い飲み物と緑の飲み物を飲まされる。

「これって、ポーション？」

「ええ。ハイポーションとマナポーションです」

「あんま美味《おい》しくないね」

「お薬ですから」

そんな会話をしながら、ちびちびとそれぞれのポーションを飲む。

はあ、なんとか全部倒せた。

ステータスとか見られればどれだけレベルが上がったかわかるんだけどなぁ。

属性結晶による属性のブーストは思いのほか危険なものだった。

基本的に火は炎の絨毯《じゅうたん》しか使っていないし、家族の前では水の魔法を制御重視で使っていたので、ここまでの威力になっているとは正直思っていなかったのだ。

これはヤバい。いくら魔法が使いたかったといっても、効果が酷《ひど》すぎる。

攻撃に転用すると、火や風なんかの強い魔法ほど効果範囲が広いから人を巻き込んでしまう。

特にヤバいのが土魔法だ。地面と直結するから、効果の範囲がとんでもないことになる。

日本での地震の怖さを知っている僕としては、気軽に使える魔法がほとんどなくなってしまったのではないかと危惧した。

「あぶない、ね」

「ジルベール様、素晴らしい才能をお持ちだったと考えればよいのです。そのような悲観した顔をしないでください」

馬車の中、対面に座ったシンシアが僕の手を握ってくれた。

自分の力を考察していた僕が静かだったから、心配してくれているのだろう。

「ん、大丈夫」

ゲームによるシナリオ、ストーリーが始まれば強い力はそれだけ僕を守ってくれる。そう考えて吸収できるだけの属性結晶を体に取り込んでいたけど、やりすぎたかもしれない。

それに属性結晶の存在自体も秘匿した方が間違いないだろう。あれが毎日一個ずつ手に入るチュートリアルダンジョンも誰にも言わない方がいい。

「攻撃魔法、覚えない方がいいかも……」

今は親やシンシアに守られる立場だ。

「ジルベール様、魔法は怖いですか？」

「うん、ちょっと……」

魔道具を使った火の爆発魔法であの威力だ。魔道具を使わないで自前の魔力で同じ魔法を撃ったらどれだけの威力になるのか見当もつかない。

「魔法はジルベール様のような子供でも、人を傷つけることができるんです。ＪＯＢが九歳から渡されるのは、そういった危険な力であると理解させるための教育に時間がかかるからです」

シンシアの言葉に僕は頷いた。これだけの力、子供に持たせるのは危険だ。

僕は四歳、普通なら何をしでかすかわからない年齢だ。

「ジルベール様は賢いですから、それはもうおわかりですよね？」

わかる、いや、わかっていたつもりだった。

地球にも人を殺せる銃があった。魔法もその類《たぐい》のもので、持つだけなら扱い方を間違わなければ問題ないと思っていた。

だが地球の日本で実際に銃を持ったことも、人に向けたこともなかった僕は、本当の意味で理解できていなかった。

さっきの魔法カードのファイアボール、それがもしシンシアやおじさんに当たっていたら、近くを守っていた騎士たちを巻き込んでいたらと思うと、怖くて手が震えてしまう。

「わかって、いる、気がしてただけだったんだと思う」

僕は手元で水を生み出す。そしてそれを色々な形、動物に変えて動かした。

「僕はこういう魔法が使えればいいや……」

それと、いざゲームが始まったときに家族を守れる力があればいい。

敵を倒す魔法よりも、どうせなら何かを守れる魔法のがいい。

「おじさんに、いっぱい教えてもらわないと」

「頑張ってください。私も応援しますから」

僕の決意をシンシアは感じ取ったのか、いつもの可愛い笑みを僕に向けてくれた。

王城内での平和な密会

「入れ」

「「はっ！」」

ジルベールの父親、アーカム＝オルトが通されたのは城の一室。

彼より先に部屋に入るのは、ベルベット＝フランメシア＝モーリアント公爵。

この城の主《あるじ》の弟にあたる人物である。

「ベルベット、アーカム子爵。よくぞ足を運んでくれた。かけてくれ」

「ああ、兄上も元気そうで安心した」

「失礼いたします」

二人が簡単に頭を下げて、目の前の威厳ある男の前のソファに腰かけた。

彼こそがこの国、フランメシア王国の現国王、ウィンファミル＝フランメシア＝アルバロッサその人であった。

「さて、面白いものを開発したとのことだが？」

「ああ。兄上、これだ」

問われてベルベットが取り出したのは、彼の娘であるサフィーネが持っていたものよりも質素だが、その分厳重に鍵のかけられる宝石箱。

中に入っているのは、ジルベールの開発したカードだ。

ベルベットが取り出した宝石箱と鍵に、国王の横に立っていた男が手を触れて鍵を開ける。

そして取り出したカードを王の前のテーブルに広げた。

「本当に、武器ではないのだな」

「投擲《とうてき》の技術のある者ならば、近い距離ならばこれで人が殺《あや》められるそうだが……武器ではないそうだ」

国王がカードの一枚を手に取り、折り目がつかないように軽く曲げる。

この世界でカードとは、魔法を放つ消耗品か、シーフの上位職であるストライカーやアサシンが装備する武器を指していた。

「ふむ。祭りでは簡易的な弓矢で的を当てるゲームもあるから、そういうものと考えれば不思議ではない、か？」

「なぜ兄上が民たちの祭りの催しものをご存じで？」

ベルベットの指摘に、国王の横にいた男が眉を上げて国王を見た。

「よ、余とて貴族院に通っていたのだぞ？　祭りぐらい参加したことがあってもおかしくなかろう？　なあ！」

「どうでしょうかね？」

国王の言い訳に、ベルベットは国王の横の男に視線を送る。

「そのような経験がおありだったのであれば、自分もご一緒していたはずなんですけどね」

「だそうですが？」

「……今はこのカードの話であろう？　のう？　アーカムよ」

国王があからさまに話題を変えようと、カードを持ち込んだアーカムに言葉を投げかけた。

「私としても興味のあるお話ですが、まあ今は我が息子の発明の話をしていただけると嬉《うれ》しいですね」

肩を竦《すく》めながらアーカムは答えた。

これは国王の横の男に対してだ。

「ふむ、ならばあとでじっくりお話ししてもらうことにしよう」

「それがいいな」

「はあ、大した話ではないぞ。それよりも、そなたの息子に知恵の神の御心《みこころ》が舞い降りたか」

知恵の神の御心が舞い降りた、それは新しく有用な知恵や知識が生み出されたときに使われる言葉だ。

「そのようで。ジルベール本人としては屋敷から出られない幼少の時期を、どう楽しく過ごすか考えた結果のようなのですが」

アーカムは言いながら、国王の前に置かれたカードを手に取ってシャッフルする。

「実際に遊んでみると、これがまた面白くも奥が深い。心の読み合いも当然必要になりますが、運の要素もそれなりに必要としている。この部分がなんとも軍盤に酷似していましてね」

カードをこの場の四人に配りながら、『黒星』——ババ抜きの説明を始めた。

ベルベットはもともとルールを知っていたし、そこまで複雑ではないため残り二人の大人も問題なく遊べた。

そしてしばらく無言でババ抜きをしつつも、互いに視線で牽制《けんせい》しあう時間が過ぎていく。

「ふうむ。もう一度」

「や、もういいでしょ」

「楽しめるのは十分にわかりましたので」

「他のゲームもありますが、それはご家族とお楽しみを。こちらにいくつかゲームの内容を書いた紙を用意いたしましたので」

それを受け取った国王の横の男。国王はその冊子を羨《うらや》ましそうに見ている。

「やってみた感触だが、確かに面白いな」

「ああ。軍盤の歴史が繰り返される気がすると、そう俺——私が考えてもおかしくはないだろう？　賭け金の増額ができ、金粉などをあしらった豪華なカード、それに暗殺にも使えるカードときたもんだ」

ベルベットの言葉に国王が小さく頷《うなず》いた。

「であるな。賭けの金額については王国法で定められておるが」

「こいつはこいつできっちりと作っておくべきだと思う。抜け道を見つけられたら目もあてられんぞ。生産量にしても同様だ。こいつはいまのところアーカムのところの子供しか作れないが、現物を触れば恐らく錬金術師ギルドの連中なら作れるだろう」

「ジルベールといったか？　どれくらい作れるのだ？」

「まだ四歳の子供、それにカードを乾かしたりするのにも時間がかかりますので。報告を受けたときには一週間ほどかかったと聞きました」

アーカム自身も勘違いしていたが、これはシンシアに言われて四セットを作った時間である。

一セットが一週間かかるわけではない。ジルベール自身がカードを作成するのであれば、一日で何セットも作成が可能である。

カードに数字やマークのハンコを押して乾かして、そのあとで透明な保護液をかけてさらに乾かすので時間がかかっただけだ。

「貴族の子が魔法を使い、一週間か」

「そうなると一つ……オルト領からの距離なども考慮すると、金貨で十五枚から二十枚程度が妥当なところか？」

「ですかね。軍盤と比べると安価になりますが」

「軍盤と比べると輸送にコストがかからないし、一度に大量に運べるのもいいな」

「馬車の中で遊べるのもいいですよ？　酔う者にはできないでしょうけどね」

次々とジルベールカードに関する事柄が飛び出してくる。

「わかった。軍盤と同じように国で法を先んじて作っておこう。準備が出来次第、大々的に発表することとする。そうだな。一年以内には法を発表しよう」

「まあ予測通りだな」

国王の言葉に、弟であるベルベットが苦笑した。

「先んじて販売優先権をもらっておいたぞ？」

「なに？　ズルくないか？」

「こっちでも西部地方の貴族連中とのつながりに使いたいんだよ。兄上にもいくつか回してやるから安心しろ」

「……待て、今の西部地方にそれほどの支払い能力があるのか？」

「一応食料品の現物での支払いも許可はしてくれるってよ」

「我が領はダンジョンが見つかったため、人を欲しています。幸い人の手配はできましたが、人が動くとそれ以上に食料も必要になりますが、自領内での消費を超えるほどの食料を我が領では生産できておりませんので」

「……であるか。ならばこちらからも人を出すか？」

「お恥ずかしい話ですが、お預かりした人を統率できる者があまりおりません」

オルト領はまだ十年程度の歴史しかないのだ。

「ふうむ。食料はベルベットのところで賄えるのだな？」

「それは任せてくれ」

「となると、支払いは金が一番か……」

「そうしていただけると」

「ああ、それならば自分から一つ提案が」

適度に会話に入っていた男が提案したこと。

それに国王は良い案であると頷くが、アーカムは若干表情が暗くなる。

ベルベットがそんなアーカムの背中を叩《たた》き、必要なことだろと諭したことで、今回の話し合いは終わった。

このあとも四人でテーブルを囲んで時間を忘れてカードゲームに興じた。

帰りがいつになるかわからないと前もって言っていたアーカム以外の人間は、それぞれの妻や子供、執事に色々と文句を言われる結果になるのだが、それはそれぞれ別の話である。

王都でのイベントは、こう言ってはなんだけど何事もなく終わってしまった。

貴族の子と友達になり、お父さんの実家で親戚の人たちを紹介され、お披露目会という名の校長先生ならぬ王様の挨拶を聞いて。

スポアを倒したりもしたけど、RPG的な大冒険の始まりだという感じではなかった。

まったくもってゲームの開始っぽくない。

まあこの手のゲームの主人公は大体十五歳から二十歳くらいの年齢でスタートだ。

某国民的RPGの五作目みたいに子供時代からスタートするタイプのゲームもあるから警戒していたけど、そんな必要はなかったようだ。

油断していい理由にはならないが、領に無事帰ることができればしばらくは安泰な気がする。

ウチが没落して、僕の代で盛り返すみたいなスタートも考えたが、ウチの領ではダンジョンが見つかり、王家やおじいちゃんの支援を受けて開発が進む予定だ。

むしろこれからピークが来る状況。僕の代、というかお兄ちゃんの代で失敗しない限り没落することもなさそう。

「ではまた、お互いに今後も密に交流を行っていこう」

「ええ、よろしくお願いします」

僕のお父さんとコンラートのお父さん、ダルウッド伯爵が握手をして別れを告げている。

「ジルベール、カードをありがとう。これで修行すれば次は負けないぞ」

「うん。でもほどほどにね、軍盤も僕が勝ち越してるんだし」

「ぐぬっ」

魔法兵禁止でやっても、僕の勝率は八割を超えていた。初期の駒の配置の相性が相当悪くない限り僕に負けはなかったのだ。

お子様相手に大人げない僕がいただけなのだが。

「貴族院に行く前に、オレは戦士になるからな！　そしたら一緒にダンジョンだ！」

「あ、うん。僕は魔術師になるよ」

というかすでになってるよ？

「ジルベールさん、コンラートのためにカードのデザインを変えてくれるそうですね？」

「はい、ダルウッド伯爵夫人。完成しましたら送らせていただきます。それとカードが傷んだら言ってください、新しいものを用意いたしますから」

「まあ、ありがとう。今後もコンラートと仲良くしてくださいね？」

「はい！　こちらこそ！」

ダルウッド伯爵夫人は侮れない。何かにつけて僕とコンラートを勝負させて、コンラートを煽《あお》っているからだ。

僕を競争相手に仕立て上げようとする気満々なのだ。

「帰りの旅路の安全を」

「ええ。食料支援、ありがとうございます」

王都まで行ったときと同様に、お互いの領地に戻る道中の中間地点まで一緒だったダルウッド家とここで別れた。

ここからは我らがオルト家だけの帰還である。

「ようやく少しは気が抜けるね」

「それは気を張っていた人の言うことよ？」

僕の発言にお母さんが笑いながら言う。シンシア、頷《うなず》かなくていいんだよ？

「そうは言っても、まだ帰りに寄るところがあるからな」

「寄るところ？」

お父さんは僕の頭を撫《な》でて馬車へと促す。

なんだろうね？


「トッド、留守をありがとう」

「アーカムか、ちょうどいいときに帰ってきたな」

お父さんの言う寄るところ。それは領都から離れたところにある野営地だった。

いくつものテントが並んでおり、屋台のようなものも出ている。郊外のイベント会場みたいな感じだ。

「息子を紹介させてくれ」

「う？」

そう言ってトッドと呼ばれた大男の前に出される僕。

でかい。モーリアント公爵もでかかったけど、この人はさらにデカいし分厚い。

青い髪と髭《ひげ》が顔の周りを鬣《たてがみ》のようにおおっている。そして頭から出ているのは丸い耳。

獅子の獣人だ。

「トッドだ。冒険者クラン『青い鬣』のリーダーをしている」

「わー、そのまんまだ」

「……そう思うよなぁ。オレがつけたんじゃねえんだけどさぁ」

あ、触れちゃいけないことだったらしい。軽くへこんでいる。

「ジル、ご挨拶を」

「あ、えっと。ジルベール＝オルトです。お父さんの二番目の息子やってます」

「ふはっ、なんだその挨拶？」

「やってるとはなんだやってるとは」

「だって、畏《かしこ》まった挨拶じゃなくてよさそうだったんだもん」

気軽な雰囲気のお父さんとトッドさんを見て、堅苦しい挨拶は必要ないと思ったんだ。

「まあ正解だ。こいつの息子にしてはわかってるな！」

わしゃわしゃとデカい手で頭を撫でられる。首がもげそうだよ？

「お前がダンジョンを見つけてくれたんだってな？　クランで自由に出入りできるダンジョンなんてそうは見つからねぇ。助かったぜ。それと職業の書もな。勝手に使ったんだって？　やるじゃねえか」

「そこ、褒めるところなの？」

「男ならヤンチャしねーとな！」

そういうものかな？　まあ相手は貴族じゃないしそういうものかもしれない。

「ダンジョンって、冒険者なのに自由に出入りできないの？」

それより気になることを聞いてみる。

「まあほとんどはな。領主が入場制限をしていたりバカみたいな値段の入場料を取ってたり、ギルド占有にしていてそのギルドお抱えの人間じゃないと入れなかったり、色々だ。そういう場所以外は人気がありすぎて獲物の取り合いになるし人も多いから稼ぎになんねぇ」

「冒険者も大変なんだね……」

冒険者。ゲーム『ユージンの奇跡』にも登場したＪＯＢとは違う意味での職業だ。ユージンもストーリーの序盤で冒険者になっている。

魔物を倒すと、その力を体が吸収し人は強くなる。ＪＯＢを得ると、さらに効率よく体に吸収されて人は強くなるのだが、冒険者はＪＯＢを持たないまま魔物を倒して一般人よりも強くなった人が多い。

もちろんＪＯＢを持った冒険者もいる。

『ユージンの奇跡』では、冒険者としてクエストをこなしたり、ゲームの攻略に必要な仲間を雇ったりもした。

こちらの世界ではユージンは神に認められし救国の英雄だけど、ゲームでは違う。

当時ユージンの住んでいた地域を統括していた領主は、魔王軍との戦いで多くの騎士や兵を国に取られていた。

領内の戦力が下がり魔物への対応力が低下してしまったのだ。そこで領内の若者たちに職業の書を与えて、そういった魔物と対抗できる戦力を整えようとしていた。

その中の一人がユージンだ。

ユージンは戦士のＪＯＢを得たが、領を守る兵士にはならず、幼馴染《おさななじみ》のミルファと一緒に冒険者となるのだ。そんなんでいいの？　って思うけど、ゲームだからか特に触れられていない。

そして冒険者としてクエストをこなしたりしていたら、だんだん暗躍する魔王の手下と戦うようになって因縁が増えて……といった感じで英雄の道を進んでいくのである。

ゲームの進行の兼ね合いで、冒険者としての活動はおろそかになるが、そこはもちろんゲームだ。

サブシナリオをたくさんクリアすればＡ級やＳ級の冒険者になることもできた。

昔話の『英雄ユージン物語』では、ユージンは冒険者と紹介されていたわけではないから、冒険者としての活動は最低限だったのかもしれない。

「冒険者、初めて見た」

「厳密に言うと、お前の親父《おやじ》やお袋、それに従者の何人かは冒険者だぞ」

「あ、そうか」

お父さんは騎士の傍ら冒険者をしていたらしいし、お母さんも元冒険者だ。

あとレドリックもお父さんと一緒で騎士兼冒険者だったらしいし、シンシアも冒険者だ。

シンシアなんか、どういう経緯でウチのメイドさんになったんだろ？

「ダンジョンと周辺の整備、ご苦労さまです」

「お、おう」

僕がペコリとすると、トッドが頭をぼりぼりかいている。

「照れてるな」

お父さんがこんなに気軽に接している相手って、結構貴重なんじゃない？　おじさんたちにもそこそこ気を使ってた感じだったし。

「うっせ。それより、悪い知らせがある。いま話していいか？」

「急ぎ、なんだな？」

「まあな。結構厄介な手合いだ。予想通りではあるが、想定以上にデカい規模のコボルドの巣が見つかった。オレたちだけじゃ手が足りん」

封印されていたダンジョンから溢《あふ》れていたコボルド。お父さんの話だと、ダンジョンのある場所の森にいくつも巣があって、この冒険者クランが対処をしていたと聞いたけど。

「それほどの規模か」

「ああ、でかすぎてつぶし切れんだろう。相当な数が逃げ出して散り散りになってしまうだろうさ。下手に手を出すと近くの村に被害が出るぞ」

「どれだけの数がいる？」

「万単位らしい。三千超えたあたりからミーシャが数えるのを諦めたそうだ」

「厄介だな」

万を超えるコボルドとか、もはや国家レベルの軍隊じゃん。

「だが運がいい。うちに国から騎士団が派遣される。そのリーダーは私の二番目の兄上だ」

「三色の賢者殿か！」

トッドが目を丸くする。

ビッシュおじさんって有名なのかな？

「巣から外に出てくるコボルドを重点的に狩っておいてくれ。兄上にまとめて吹き飛ばしてもらおう」

「そりゃあ助かるな。オレたちじゃ個別に倒せても逃げ出す奴全部は対処できないからな。ミーシャ！」

「怒鳴らなくても聞こえるにゃー」

トッドに呼ばれてこちらに来るのは猫耳の女の子。

小柄で、トッドの半分くらいしかない。茶色い毛の獣人だ。

「三色の賢者がこの土地に来るらしい」

「にゃんと！」

「例のコボルドの巣の殲滅《せんめつ》に手を借りられるらしいぞ。それには三色の賢者殿に効率的に魔法を使ってもらわにゃならん」

「じゃー周辺の地図なんかを作らないといけないにゃー」

「そういうことだ。それとコボルド連中のデータもできるだけ欲しいな」

「装備とかかにゃ？」

「ああ。行動範囲や狩場の情報も欲しいな」

「うちのシーフも動員しよう。地図作りに慣れている者がいる」

「シンシアかにゃー？」

露骨に嫌そうな顔をする猫娘。

「ミーシャなら慣れてるだろう？」

「あいつ堅いにゃ。シーフとしては二流にゃ」

「そういうあなたは冒険者として三流以下ですね。雇い主に意見をしないで指示に従いなさい」

あ、シンシアだ。

「ふにゃー！」

「人の顔を見るなり威嚇するのもどうなんでしょうね？」

「癖にゃ」

「治しなさい」

「嫌にゃ」

バチバチと視線が交差する二人。仲悪いのかな？

……犬と猫だし仲が悪いのかもしれない。

「大体あなたは距離なんか適当でしょう？　地図なんて満足に作れるのですか？」

「お前は正確さを求めすぎるにゃ。そんにゃのいくら時間があっても足りないにゃ」

「必要な情報を正確に残しなさいと言っているんです。大体真っすぐだとかこの木が目印だといって、他の人にわかるわけないでしょう？」

「だからって歩数をブツブツ数えながら歩くってどうにゃ？　敵に見つかったらどうするにゃ」

「敵を感知しながらやればいいでしょう？」

「横を歩かれると気が散るにゃ！」

「だったら後ろを歩けばいいでしょう？」

「なんであたしがお前の後ろにつかにゃきゃいけないにゃ！　お前があたしの後ろを歩くにゃ！」

「前を歩かれると獣臭いんですよ！」

「臭いとは何にゃ！　この犬っころ！」

「駄猫がっ！」

シンシアがこんなにヒートアップするのは珍しいなぁ。普段はあんまり動かない尻尾も上がってるし。

「あー、そうだ。アーカムの息子」

「ジルベールだよ？」

トッドが小声で話しかけてきたから僕も小声で返す。

「ああなると長い。こっちにプレゼントを用意してあるから付いてきな」

「プレゼント？」

僕はいまだに文句の言い合いをする二人を置いて、トッドにこっそりと連れていかれる。

駐屯地的なところから少し離れた場所。

そこの地面には、見たことのある光景が。

「職業あんなら魔物を倒しておいた方がいいからな。安全なヤツを用意しておいたぞ」

「スポアっ」

またスポアマラソンかっ！　てかこれって有名な手法なのかな？

「魔法のカードも多くはないが用意しといたから、上からぶちかませ。反撃してくる魔物はいないから遠慮しないでいいぞ」

「そ、そうですか。ではありがたく……」

穴の上から僕はまた魔法を放つことになった。

ミーシャとの言い合いから正気に戻り、心配したシンシアが即座に僕を抱きかかえたのは、言うまでもない。

まあすぐにお母さんが横から僕をさらったけど。

「はふー」

そんなこんなでようやく屋敷に帰り、一晩経《た》った。

一息ついたよ。やはり自分の部屋が一番だ。

トッドの用意してくれたスポアは王都の時の三倍以上の数がいた。水の魔法で倒すのは時間がかかったよ……。

準備できる期間が長かったのと、こっちの方が辺境でスポアが多かったからだと思うけど、随分と体力と魔力の最大値が増えた気がする。

結構レベルが上がったんだろうね。ステータスが見たいな！

「見られないんだけど」

それと悲しいお知らせがある。

なんと僕、まだお屋敷から出ちゃいけないらしいです。

お父さんとお母さんに言われました。

悲しい。

「まあ言わんとすることはわかるけどさー」

シンシアがコボルドの対策にかかりきりになるから、僕の護衛がいないのだ。

お父さんは留守にしていた間にたまった仕事にしばらく集中するとのこと、コボルドの対策もしっかりと練らないといけないらしい。

お母さんはお父さんの補佐的な立ち位置なので、お母さんも自動的に忙しくなる。

マオリーがしばらく僕についてくれるとのことだけど、彼女はＪＯＢを持っていないから護衛にはならない。

それならお母さんのフォローをしてあげてとお願いした。

僕の言葉にお母さんが感動で泣き崩れたけど、気にしないでいこう。

レドリックたちはもともとお父さんの補佐の仕事だから現状維持だけど、僕たちがいないあいだ結構苦労をしていたそうなので、適度に休みを取ってもらうことになった。

クレンディル先生は王都で別れたきりで、一緒には帰ってきていない。

あとで戻ってくるそうだけど、それまでは僕の勉強も一旦《いったん》ストップだ。宿題はあるけど。

「出かけられぬ」

せっかくお披露目が終わっても、お出かけできない身分は変わらないらしい。

ビッシュおじさんが来たら余裕ができるそうだから、それまでは我慢をしないといけないみたい。

いい子で我慢するとは言ったけど、おじさんが来たらコボルド駆除を本格的に始めるんだよね？

もっと動けなくなるんじゃないのかなーとか思うのは僕だけだろうか。

「ぬーん」

暇だ。屋敷の中は自由に動けるけど、あまり動き回る気にもならない。

なんだかんだで久しぶりに帰ってきた自分の部屋を満喫しているのだ。

あれ？　それなら出かけなくていいんじゃない？

「部屋からは出てもいいけど、お屋敷から出るのはダメだしなぁ」

今まで屋敷からマジで出なかったし、僕が動き回る時間は屋敷の門が閉まっていたから知らなかったけど、日中は屋敷の門の外や周りに警備の兵士が立っているので、屋敷から出るのは無理だ。

たまにメイドのマオリーやファラがお世話をしに来るから、どこかしらにいないと問題が起きてしまう。

僕が勝手に姿を消して、それが元で大騒ぎになってはいけない。

「夜まで待つか」

夜にならないとチュートリアルダンジョンに行くのは危険っぽいし。今日は大人しくゴロゴロしてよう。レッツお昼寝。

おやすみなさい。


「よし、とーちゃくっ！」

夜になると、屋敷から人の気配がほとんど消えた。

探知を使って調べたけど、屋敷の周りを警護する兵士たちと雑用係のロドリゲスがいるだけだ。

お父さんたちはご飯の時間には戻ってきて、そのあとリビングで少しお話をしたけど、僕が部屋に戻ったらまた出かけたらしい。

たぶんお役所だろう。

そんなこんなでチュートリアルダンジョンに到着した僕を、元気にウネウネするスリムスポアがお出迎えしてくれた。

まあこっちに歩み寄ってくるわけじゃないけど。

「さすがに炎の絨毯《じゅうたん》は消えてるか」

メダルもないや。

「うお、今回はすごいな」

ＪＯＢ経験値が体に流れ込んでくる。

王都までの往復期間を考えると、約一ヶ月ぶりだ。こういうのっていつまでも消えないんだね。

「とりあえず敷き直そうかな」

炎の絨毯。かなりレベルアップしたはずだから慎重にやる。

イメージをしっかり持って、持続時間をできるだけ延ばせるように自分の持っている魔力の半分くらいをまとめてつぎ込む。

「炎の絨毯」

スリムスポアが歩いてきて止まる出現ポイントに再び炎の絨毯を設置。

これでまた自動でスリムスポアを倒してくれるようになるのである。

「属性結晶、どうしようかなぁ」

自分の力の危険性を確認した僕だ。こいつを吸収すればさらに魔法に磨きがかかる。それがわかっているだけに悩ましい。

屋敷の外に初めて出て、ビッシュおじさんや他の人たちから話を色々聞いたからこそ、自分の力が異常なのは理解できている。

そもそもユージンの仲間のガトムズでさえ、火と空間の才能レベルが高かったが、それでも恐らく属性結晶で言えば一、二個程度だ。

僕は全種類三十個ずつくらい入れてる。

そりゃあ途方もない魔法の才能になっているのだ。

指パッチンで衝撃波さえ生み出せるレベルなのだ。指パッチンできないけど。

「悩ましい」

いままで吸収できなかった分の属性結晶もすべて収納空間に残っている。

今日ここに顔を出したことでＪＯＢレベルが上がっている気がするから、吸収はできるだろう。

「慎重に使えばイメージ通り完璧に制御できるんだよね……魔力の消費もほとんどないし」

属性結晶の主な恩恵は、その属性に適した魔法の威力とコントロール力の上昇と、魔力消費量の減少だ。

ゲームだとそれに加えてレベルの上昇に応じて魔法を覚えるんだけど、僕にはそれがない。

すでに使える魔法だからか、それ以外が原因かはわからないけど、利点は先ほどの三つだ。

魔法のカードのようなものさえ使わなければ、イメージ通りに魔法は撃てる。

イメージの簡略化や、明確なイメージの固定化、そういったことがしっかりできれば、魔法を暴発させるようなことはない、と思っている。

「吸収しとくか……」

属性結晶を吸収すれば、その属性の魔法は単純にうまくなる。そう考えれば吸収しない理由はない。

ゲームのようにうまく扱えないのは、ガトムズやユージンたちがすごかったのと、僕の魔法に対するイメージの違いだろう。

なんでもできそうな分、明確にイメージができるようにしないとうまく扱えない。そういうものなのだと思っている。

「いつゲームの世界が始まるかわからないんだ。僕が尻込みしていい理由なんてないはずだ」

両親や家族たちに温かく見守られての冒険スタートなんていうＲＰＧはほとんどない。

冒険のスタートは突発的なものが多いのだ。

そういった状況に対応できる力は、多いに越したことはない。子供ボディの僕は力が弱いのだ。

魔法だけでもできるだけ強化しておかないと、どうしても不安になる。

「僕は油断なんてできないんだから」

僕は両親が、お兄ちゃんが、使用人たちが大好きだ。彼らは僕のことを好きでいてくれるから。

愛してくれているのがよくわかるから。

ゲームが開始される時までに、僕を愛してくれる彼らを守れる力をつけておいて、彼らを守りたい。

僕は今日回収した属性結晶を含めて、手持ちの属性結晶をできるだけ吸収した。

「よし。戻ろう」

ロドリゲスしかいないけど、あまり屋敷を空けていると誰かに気づかれるかもしれない。

僕は魔法陣で屋敷の裏に戻り、即座にゲートを開いて部屋に帰還する。

明日からは、魔法の勉強を重点的に行うことにしよう。


「それで、どんな練習をするの？」

日をまたいだ翌日。魔法のことでお母さんに相談すると、時間を作って僕の練習を見てくれることになった。

忙しいのにごめんね？

申し訳ない気持ちではあるが、本格的に魔法の練習をするということでちょっとやる気になっている僕だ。

普段から追いかけっこなどで使う家のお庭で練習をすることに。何気にバスケットボールコートくらいの広さがあるんだよね、ここ。

「まず、魔法はイメージの力で発動ができるわね？　でもこれをいつでも自在に使うのは非常に難しいの」

お母さんはいつもの優雅なドレス姿だが、袖をまくってやる気を見せている。

「話を聞くとジルちゃんは火と水と土に素養があるわね？　まずは簡単に扱える土から練習しましょうか」

「土が簡単なの？」

「土の魔法は火や水と違って、必ず地面があるもの。火や水だと魔力をもとに生み出して作るけど、土はもともとあるものを使うから制御だけでも使えるのよ？　もちろん練習のために土を生み出しもするけど」

お母さんは土の魔法も使えるのか。何気にレベルが高い。

「まず土の基礎的な修行ね？　土の魔法は大がかりな魔法になりやすいけど、細かい操作を必要とする繊細な魔法も多いのよ？」

お母さんはそう言って地面を隆起させて、そこに小さな砂の迷路を生み出した。

何それ？　面白いんだけど！

「手を使わず、魔法だけで丸い土の球を作るのよ。生み出すのではなく、地面の土を使ってね？　大きさはこの迷路の通路の幅よりも少し小さいくらいよ」

「こう、かな？」

お母さんに言われて丸い土を作り出す。水と違って土は形を整えるのが難しい。

お母さんに何度かやり直しを受けて、合格をもらった。

「ここからジルちゃん自身は動かずに、その丸い土の球に迷路の道を進ませるのよ。道の横壁に当たったら球を崩してスタートからやり直しね？」

丸い球の大きさは、迷路の幅ギリギリとまではいかないが、道はなかなかに狭い。なるべくぶつからないように道の真ん中をキープしつつ、曲がり角では球を止める。しかし丸い球は転がってしまい、壁にぶつかってしまった。

壁はすべて砂で作られているので、ちょっとでも球が触れるだけで崩れてしまう。なんとも厳しいルールだ。

今回は最初の曲がり角でリタイヤだ。

「やり直しね」

「はぁい」

丸い球を再び作る。そしてそれをまた転がして進ませる。

ぴったり止める、ぴったり止める。

「よし」

「はい、いいわね」

動きの止まった丸い球を再び転がし始めて、左に向かわせようとする。

しかし動き出しの時にぶれてしまって、球は壁にぶつかってしまった。

「残念、やり直しね」

「むう、難しい」

丸い球を作ってもう一度進ませる。

見た感じ、迷路自体はとても面白そうだが、入り口の段階で躓《つまず》いているようで面白くない。

というか丸い球を転がすだけなのに、それがとても難しい。

「難易度高くない？」

「ビッシュお義兄様《にいさま》が、ジルちゃんは簡単なのにするとすぐクリアしちゃうって言ってたから」

ビッシュおじさんめっ！

「魔法を撃ち出すのとは違って難しいでしょう？　遠隔で魔法を操作するのは適性があっても難しいものなのよ？」

「水なら簡単にできそうなのに」

僕の言葉にお母さんは苦笑いをする。

「水をあれだけ動かすことができるんだから、すぐにできるようになるわよ」

「がんばる」

何度か挑戦をすると、僕は最初の曲がり角を突破することに成功した。

順調に球を転がして進めていく。うむ、順調順調。

「見えない……」

土で作られた迷路を進ませていくと、壁の高さのせいで僕の身長では見えない箇所が出てきた。

「むー」

普段のお母さんなら抱っこしてくれるのだが、どうやらその気はないらしい。

マオリーに淹《い》れてもらった紅茶を飲みながらニコニコしている。

しかしここから動かずにと言われている以上、台を取りに行ったりするのはダメなのではないのだろうか？

「一日でそこまで進められるだけでもかなりの才能よ？　ママはこの訓練で最初の曲がり角を綺麗《きれい》に曲がれるようになるのに三日はかかったもの」

お母さんが慰めてくれるように言った。

「お母さんも同じ訓練をしたの？」

「ええ。もっと球を速く転がさないと怒られたりもしたわ」

「うっ」

僕はかなり慎重に動かしているから、球の動きはかなりゆっくりだ。

「今日はお試しだから平気よ」

「今日以外は怒るってこと？」

「怒りはしないわよ？　注意はするけど」

パチン、と飛んでくるお母さんのウィンクが怖い。

「がんばる」

「魔力が切れる前に終わりになさい？」

「はぁい」

スポアを大量に倒したからか、魔力が切れることはなかった。

結局、お昼になるまでこの訓練を行っていたが、お昼ご飯ということでタイムオーバーだ。

しかしこの訓練、面白いよっ！

「シンシアはもう戻ってくるの？」

「一度休憩ですね。少々戦いすぎてコボルドたちが警戒しているので」

「戦い？　地図を作りに行っていたんじゃないの？」

その夜。湯船に浸《つ》かり、僕を抱えるシンシアに視線を向けると、苦笑いが返ってきた。

「本格的な森歩きは数年ぶりですからね。体を慣らしつつ、魔物を倒しているところです」

「一人で？」

「ええ。あまり人数がいても動きにくいですから」

「一人で森歩きだなんて危なくない？」

心配だ。

「青い鬣のメンバーの巡回ルートでしか動かないのでご安心を。行動ルートも提出してますので」

「大丈夫ならいいけど」

シンシアが問題ないと言うのであれば問題ないのだろう。心配はするがこれはしょうがない。

「森かぁ」

「興味がありますか？」

「行ったことないし」

というかこの世界のことを僕は驚くほど知らないのだ。

僕が知っているのはこの屋敷の内部が大半で、あとは移動の馬車の中。それと王都のエルベリン伯爵の屋敷くらいである。

王都に行くまでに寄った場所もいくつかあるが、知らないに等しい。

「お外に興味がおありなんですね」

「うん。でも一人で出かけちゃいけないのはわかってるから。先生に教えてもらった」

次男とはいえ領主の息子の僕が勝手に出歩いてはいけない。日本とは違い、立場ある子供が安易に外に出るのは問題があるし危険も多いのだ。クレンディル先生に色々と教え込まれた僕はその辺の理解がきちんとできているお子様なのである。

「そういえば先生はいつ戻ってくるの？」

王都ではほとんど話題に出てこなかったクレンディル先生だが、彼はまだ王都に残っていた。なんでも、やることがあるそうで……たぶん軍盤関連の話だろうな。

「ビッシュ様とご一緒にこちらに来られるそうです。お二人が来られましたら、お外に出られるようになるとのことですよ」

「そうなんだ。いつ頃来るんだろ？」

ビッシュおじさんとの魔法の勉強も楽しみの一つだ。もっと自由に魔法を使いたい。

クレンディル先生は勉強や礼儀作法を見てくれるのもあるけど、それ以上に話し相手になってくれるのが助かる。

なんだかんだ言って多くの子供を見てきた先生は、子供である僕を飽きさせずに話をするのが上手だったのである。

「お二人が来られるの、楽しみですね」

「うん」

そう話していると、お湯が減ってきた気がした。

「あれ」

「どうなされました？」

「お湯が減ったなって」

僕の胸ぐらいまであったお湯が、おへそくらいまで減っている。

「魔法で出したお湯ですからね。一定時間経つと消えてしまいます」

「そうなんだ？」

出したらずっと出っ放しだと思ってた。

「基本的に魔法で生み出したものは、魔力を帯びています。ですが徐々に魔力は拡散していきますので、最終的には消えるのです。石や岩も魔法で生み出しても、いずれは消えるんですよ？」

「へぇ？　あれ、でもお母さんの入れたお風呂っていつまでも残ってるような」

少なくとも僕が入っている間に、徐々に減っていくものではなかったはずだ。

「あれは奥様の腕がいいからです。温度が下がりにくく、一晩くらいで自動的に消えるお湯を生み出しているんですよ」

なるほど。火の絨毯みたいに持続時間を長くすることを意識しているんだね。

「じゃあこうして僕も」

消えないお湯は生み出せないけど、長くとどまるお湯なら作れる気がする。お母さんと一緒で、一晩くらいで消えるお湯を作る……こんな感じかな？

「熱くない？」

「良い温度ですよ？　しかし聞いただけでできるんですね。やはりどこかで魔法の練習を……」

「ビッシュおじさんや青い鬣の人のおかげだし」

「魔物を倒しましたからね、そういうことにしておきましょう」

「実際にそうだし？」

スポアを大量に倒してからというもの、僕の魔力量は相当な数字になっている……と思う。

体感でしかわからないのが悩ましいけど。

「そうですね、構いません。いつか捕まえますから」

「今日も泥のお団子作ったのは魔法なしだし」

シンシアは偉いですよと頭を撫でてくれるが、どうにも誤魔化されているような気がしてならない。

お湯を補充し、上がると脱衣所には新しい服が用意されていた。

ファラかな？

汚しちゃったから、洗ってくれるファラにごめんなさいしないといけないね。

「ジル、少しいいか？」

「お父さん？　うん、大丈夫」

新しい服に着替えて、部屋に戻ろうとするとお父さんに声をかけられる。声が少しばかりトーン低めなのがなんか珍しい。そしてそのままお父さんの執務室に連れていかれた。

ソファに身を沈め、お父さんの顔を見ると、どうにも表情が暗い。横にいるシンシアはどこかニコニコ顔だけど。

「……子供のお前に仕事を与えるようで申し訳ないが、ジルベールカードの増産を頼みたい。あのカードは現在お前しか作れないからな」

お父さんに呼ばれた僕は、お父さんの執務室でカードの作成を頼まれた。

「カード自体を作るだけなら、そこまで負担はないよ？」

魔物を倒してレベルアップしたからだろう。ゲーム的に表現するならばＭＰは増えたし、消費ＭＰも減っている。さらにＭＰ回復速度もかなりものだ。何かに注意をひかれたりしても失敗しない自信がある。

「試しにやってみてくれないか？」

「いいよー」

お父さんに言われるまま、お父さんが用意してくれていた魔導書の紙片を何枚か取り出した。

「一応見本を置いてと」

カード化という魔法ではあるが、毎回大きさやカードの質をイメージしないと同一のものにならない。

一枚一枚作成するよりも、まとめて作った方がカードの質は統一されるんじゃないかな？

「よっと」

無地のカードが一枚作成できた。

「シンシア、ハンコを」

「はい」

お父さんの指示でシンシアが出来たカードにハンコを押していく。

このハンコも改良したものだ。本物のトランプのように数字に合わせた数のマークが作られている。魔物のドロップ品である泥の塊から作ったから消えないのも安心だ。

僕は次々と魔法を使って魔導書の紙片をカードに変えた。

「ちょっと、まとめて作れるか試していい？」

「構わないが、魔力は平気か？」

「問題ないよ。スポアを倒したからだと思う」

僕は魔導書の紙片をまとめて五十四枚持って、カード化の魔法をかけた。

「うん、成功。一枚一枚作るより効率いいや」

すべて同じ大きさで統一されているし、触り心地も同じだ。

お父さんにカードをまとめて渡すと、驚いた顔をしている。

「ジルベール様の行動に、私が驚いていたのは大げさではなかったでしょう？」

「ああ、確かにな」

なんかシンシアとお父さんが頷き合っている。

「魔導書の紙片は魔力が通りやすいから難しくないし」

「ミレニアが試して、同じことができないと言っていたから簡単ではないだろう？」

お母さんの前でもカードを作ったことがあるけど、お母さんは確かに首を捻《ひね》っていた。

「お母さんは紙がカードになるのが想像できないって言ってたね」

「そもそもこういった品を別の物品に変えるのは錬金術の技術だからな」

単純に植物属性の魔力をイメージしてカードを強化して大きさを整えているだけなんだけどね……さすがに得意属性を盛り過ぎだから誰にも言えないけど。

「錬金術師の人なら作れる？　正直言うと僕が専属で作ることになるとは思ってなかったんだよね」

「作れないことはないだろうが、カード化ができるレベルの錬金術師には職業の書を作らせなければならないからな。職業の書の作成を後回しにしてまでこれの作成に時間を割かせるわけにはいかない」

お父さんが残念そうに首を横に振っている。

「うちでは作れてないよね？」

「そもそもカード化の技術が錬金術師ギルドの独占で、その先に魔導書の作成技術がある。錬金術師ギルドに所属していない人間で職業の書を作れる人間はほとんどいない」

「ずるい商売しているんだね……」

「発端は王族の指示だからなんとも言えんがな」

「あー、そういえば」

もともと錬金術師たちはある程度自由に職業の書を作っていたらしい。

魔王をユージンたちが倒し魔族という脅威がこの大陸から消えたのはいいが、魔王やその配下との戦いで騎士や兵士の多くは戦いへと駆り出されて減ってしまい、実力がある者は冒険者の方が多い状態になっていた。

街の治安を守る兵士たちよりも、冒険者たちの実力の方が上だったのだ。

これにより、一時的に王家や貴族の力が弱まり、冒険者たち、いわゆる平民たちの力が大きくなってしまったのだ。

そこで一計を案じたのが魔術師ギルドや錬金術師ギルドの重鎮たち。

彼らももちろん貴族だ。

現状存在する、実力ある冒険者たちの力を削《そ》ぐことはできない。そこで彼らは自分たちにとって利のある人間に、優先的に職業の書を使わせて、逆に信用のない冒険者たちには職業の書をあまり出さないようにした。

職業の書を使って、力関係をコントロールしたのだ。

もちろん反発もあったが、それは主に冒険者ギルドと商人ギルドからだった。それ以外のギルドの重鎮のほとんどは貴族だったので、冒険者ギルドや商人ギルドの力が増大することを嫌がったのである。

職業の書の数をコントロールするには、各作成者の作成数をコントロールしなければならない。

錬金術師ギルド主体で行われたそれは、徹底されていたんだと思う。

アサシンギルドも関わっていたとかいないとか、そんなことも言われていたくらいだ。

まあ結果として、錬金術師ギルドが職業の書をほぼ独占する形になっているのが現状。職業の書を作成できる人員も限られており、それ自体の価値がかなり上がってしまっているのだ。

これらの史実を、僕は職業を得てしばらくしてから、クレンディル先生に教えてもらった。

うちの屋敷の古い蔵書にはそんなことが書いてある本がなかったからだ。

「でも別に職業の書自体を作成することは違法ではないんだよね？」

「まあそうだが、あまり吹聴する者はいないな。下手に作りすぎると錬金術師ギルドに睨《にら》まれて何をされるかわからんからな」

「あー、面倒だねー」

いずれは錬金術師になるつもりの僕としては、あまり面白い話ではない。

「だが魔導書を作れるほどの錬金術師もそうはいないがな」

「そうなんだ？」

「ああ。連中の訓練は自分で薬を作ってそれを飲んでの繰り返しだからな。そこを突破した先にカード化技術、さらにその先に魔導書作成の技術だ。その域まで達する前に術師として寿命を迎える者が多い」

それ過労死したって言わない？

そんなこんなで僕の日課にカード作成の時間が増えた。

朝起きて、午前中のお勉強をし、午後になってお母さんがいたら砂の迷路攻略を頑張り、お母さんがいなかったらカードを作成しつつ、お庭で簡単な魔法の練習という日々だ。

今日はお母さんがいるので砂の迷路攻略の日。

「むんっ！」

「あらあら、ずいぶん早く球が作れるようになったわね」

「いっぱい練習したから」

魔法を使い、なるべく同種の土を集めて小石などの不純物を取り除いた球。作成時に魔法で作った水を均等に混ぜ込むのも忘れない。

さらに空中に持ち上げてクルクルと回転させ、その球を極力真球に近い形に整えるのだ。最初は作るまでに時間がかかったけど、今ではお手のものだ。

「そろそろヒントをあげようかしらね」

「うん？」

「砂の壁で遠くの道が見えないでしょう？」

「うん、でも動いちゃいけないって言うから」

僕の困った顔にお母さんがクスクスと笑う。

「そうね。始めたら動いちゃダメって言ったわ」

「始めたら……あ！」

それって始める前にイスやらを用意しておけばいいってこと？

「なんかズルくない？」

「優秀な魔法使いや賢者はズルいものよ？　魔法は世界の理《ことわり》に沿って生み出されるけど、それは使う人間の中での理。使う人間の頭が柔軟であればあるほど使える魔法は拡大されるわ」

「誤魔化されてる気がするし」

「ちなみに開始したあとも動かずにクリアする方法もあるわよ？」

「え？　どうやるの？」

「もう、ヒントじゃなくなっちゃうじゃない」

そう言いつつも、お母さんが僕に代わってスタート位置の土の球を動かし始めた。

「私の背でも途中から見えなくなるの。そういうときは……」

そう言ってお母さんは地面の土、自分の足元の地面を盛り上げて高い位置についた。

「球を制御しながら、足元の土も操作するのか」

「そういうこと、これは魔術師として成長するといずれ使えるようになる連続魔法の技術の応用よ？」

連続魔法は魔術師のＪＯＢレベルが上がると覚えるアクティブスキルの一つだ。

コマンドバトルだった『ユージンの奇跡』では一ターンに二回行動できるのは非常に有用だった。

でも魔力消費が倍になるという欠点もあった。

ボス相手に使うには有用なのだけど、後半はそこらの雑魚が無駄に強いのであまり魔力消費の激しい連続魔法を連発すると、すぐに魔力が枯渇してしまう。

レベル上げやアイテム稼ぎなんかをするときにも有用だったけど、回復アイテムがいくらあっても足りなくなるから、あまり使うスキルではなかった。

「一度に二つの魔法を同時に使うのかー、気づかなかった」

「ジルちゃん、さっきやってたじゃない」

「え？」

僕は目を丸くするけど、お母さんは逆に面白そうなものを見たとクスクス笑っている。

「球を作るのに、水と土の魔法を同時に使っていたわ」

「あ！」

なんなら浮かび上がらせていたのは無属性魔法の念動だ。一度に三つも魔法を使っていた！

「できてたんじゃん」

「だから教えたのよ？　次は自分で気づけるといいわね」

「はぁい」

お母さんに色々教えてもらった結果、台を作って高い位置から砂の迷路を球で突き進んでいく。

「ぐぬぬぬぬ」

後半の道は起伏があったり、わかりにくく斜めになっていたりしていた。

まだクリアするのは難しい。

「もうちょっと球を速く進ませましょうねー」

「いま話しかけないで！」

集中してるんだから！

「およ？」

日中の訓練を終えて夜になると、こっそりチュートリアルダンジョンに忍び込む。

そんな日々が続き、五歳になった。夏の足音が聞こえてきたある日。

体に入ってきたＪＯＢ経験値が体から抜けていく感覚に見舞われた。

「魔術師カンスト？」

経験値テーブルなんか覚えてないから自信がないけど、ＪＯＢ経験値を体が吸い込んでも外に逃げていってしまう。

「早かった、のか？」

四歳の初めの頃に見つけて、約一年。ゲーム内の時間として考えるとかなり長いけど、現実としてはかなり早いのだろう。

「錬金術師になりたいけどなー」

正直怖い。

ここの次の階層に行けば、ここと同じように二次職用の職業の書が手に入るだろうけど、戦闘があるのだ。

「せめて前衛を連れていければいいんだけど」

ゲームではシナリオを進めていくと、とある森で引っかかる。

森の中を進もうとすると『ここから先は君たちには危険だ』と道を塞《ふさ》いでいるＮＰＣ《ノンプレイヤーキャラクター》がいるのだ。

どんなにレベルが高くて、装備が良くても通れない鉄壁のＮＰＣだ。

そこでガトムズが『面白くない』と言いながら『領主のところに戻り相談してみよう』と提案をする。

そして領主のところに戻って、ＪＯＢレベルが一定以上あると領主がこの屋敷の地下に案内してくれるのだ。

ＪＯＢレベルがギリギリでは倒せない強敵『門番ミノタウロス』が待っていて、そいつを倒すことで領主に実力を認めてもらい、それぞれの二次職へと転職を果たすことになるのだ。

「一人で倒すとなると……どうしようか」

僕自身は相変わらず非力だ。

ビッシュおじさんやトッドさんのおかげでレベルアップができたっぽいけど、ＪＯＢが魔術師だから体力なんかの上昇値は低い。

門番ミノタウロスの持つ、馬鹿でかいハルバードで斬りつけられたら即死間違いなしだ。

「とりあえず、すぐには無理だろうから……」

錬金術師には、魔術師のＪＯＢが50を超えていれば錬金術師の書でなれるのでおそらく大丈夫だろう。

錬金術師として物を作るときに、有用になるＪＯＢを選ぶべきだ。

「シーフか弓士か。シーフだな」

シーフにはパッシブスキル『盗賊の指先』がある。これはＪＯＢレベルが高ければ高いほど器用度が上がるのだ。

器用度は敵への攻撃の命中率の上昇と、錬金術師やその先の職での物品の作成の成功率に関わってくる。もちろん罠《わな》の発見率や解除率なんかも。

弓士のアクティブスキル『コンセントレーション』の方が上昇率は高いけど、あれは常時上昇ではない。上昇させたいときに使わないといけないスキルだ。

シンシアが以前カードにハンコを押すのに使っていたアレである。

僕が使えば周りの人にバレてしまう。

「いずれは取りたいけど、先にシーフかな」

収納からシーフの書を取り出して早速読み込む。

魔術師の書を読んだときと同様に、すんなりとＪＯＢの変化が完了した。

「さて、魔法の威力はと」

魔術師はＪＯＢの特性として、魔法に威力の上昇やクリティカル率の上昇補正がある。

さらに魔術師のＪＯＢの間だけ発動する専用スキルもある。これは魔法自体の威力や持続時間を上昇させるものだ。

シーフに変えることによってその辺のメリットは消えてしまう。

ただしＪＯＢを変えても、前のＪＯＢで覚えたスキルは他のＪＯＢでも使える。使えないのは専用スキルだけだ。

つまりシーフになったまま魔法を主軸に戦うことができるというわけだ。

「炎の絨毯《じゅうたん》っと」

発動は少し遅い。とはいっても前まで一瞬で出せた魔法が一呼吸おいて発動する程度の差しかない。

「落ち着いて魔法を使うようにしてるって言えば誤魔化せるかな」

その程度の誤差だ。問題ないはずだ。

シーフになって最初に覚えるのは『軽業』。次来るときには覚えられるだろう。

『盗賊の指先』が手に入れば器用度が上がる。

「字を綺麗《きれい》に書けるようになるかも！」

指先の器用度が上がるのだ。これは大いに期待が持てるのではないだろうか？

僕はスキップ気味に転移門をくぐって即座にゲートを開けて部屋に戻った。

空間魔法のゲートも探知魔法の人探知も問題なく使えるので、今までと特別何かを変える必要はない。

ちなみに一度使った魔導書をもう一度使うとＪＯＢは変更できるので、魔術師に戻りたければ魔術師の書を使えば元に戻れる。

次は弓士か神官かなー。


「ようこそおいでくださいました、歓迎いたします」

お父さんの挨拶と共に、僕たち家族も頭を下げる。

カードを量産しつつ、迷路を攻略できない日々をいったん横に置いて、今日に至る。

今日はビッシュおじさんが屋敷に来る日だった。

「ああ、世話になる」

「いえ、あらかじめ連絡はいただいていたので。殿下がいつ来られてもいいよう、準備をしておりました」

当初の予定では、今日はおじさんだけ（従者やら何やらがいるが）のはずだった。でも実際に来たのはおじさんだけではない。

一応前もってお手紙と先触れが来ていたのだが、その内容がなかなかに濃いのである。

そのお手紙にはお兄ちゃんが婚約者のリリーベルお義姉《ねえ》ちゃんを連れて帰ってくることが記載されていた。

殿下と共に行きます、とも。

前もって連絡を受けていたので、僕はお母さん相手に再び礼儀作法の勉強をする羽目になったのだ。

もう少しで砂の迷路が攻略できそうだったのに！　もっと難しいのもあるわよって教えてもらえたばかりだったのに！

「手間をかけさせたな。今回はお忍びだ、ミドラの友人として遇してくれれば十分だ。世話の者にもそう言いつけてある」

お父さんの挨拶に、レオンリード＝フランメシア＝アルバロッサ殿下は朗らかな挨拶を返す。しかし世話の者というけど、彼らの人数はうちの使用人の三倍以上いるのですけどね。

「屋敷の手配、助かったよ。こちらはこちらでなんとかするから今日は家族水入らずで楽しんでくれ」

「ありがとうございます。ですが殿下、ミドラの友人ということであれば、なおのこと今夜はお泊まりくださいませ。息子の友人を歓迎もせずに放り出すような真似を、我が家ではいたしかねますから」

「そうか。では一泊だけ世話になろう」

「はい。ジル、殿下をお部屋までご案内なさい」

「はい。殿下、お久しぶりでございます。僕がご案内係を務めさせていただきます」

「よろしく頼むよ」

僕はお父さんに前もって言われていた通り、部屋まで案内する。

もともと伯爵家が住んでいた家だ。高貴な方がお泊まりになってもいいような部屋はいくつも余っている。そんなお部屋をご案内……先導するのが僕の仕事だ。先導だけで、案内や説明はシンシアがするけど。

僕の歩調に合わせて殿下はゆっくり歩いてくれる。

階段を上がりきって、さらに奥。僕たち家族が過ごす区画とは別の区画に案内をして、一番大きなドアの前で止まる。

ドアを開けるのはシンシアだ。僕ではない。

「こちらのお部屋で、ご自由におくつろぎください」

「ああ、助かったよ」

殿下が僕の頭を軽く撫《な》でてくれる。

「ところで殿下、カードはお気に召されましたか?」

「ああ、実に面白いものだ。ミドラだけでなく、私の家族とも遊ばせてもらったよ」

王族全員でトランプですか? シュールですね。

「新しいイラストのものがございます。ご確認をお願いできますか?」

「ああ、それはいいね。楽しみだ」

ホストである我が家だが、殿下に関してのお世話は彼が連れてきた従者たちが行う。

シンシアから彼らに使っていい部屋や間取り、避難口などの説明を行ったり、殿下のお荷物を解いたりと従者の皆様もなかなかに忙しい。

従者の皆様の手が空くまで、お相手をするのが僕の仕事だ。

もちろん殿下もそれはわかっている。

僕の案内した部屋に入ると、あらかじめテーブルに置いておいたやや豪華な宝石箱が見える。

殿下の護衛騎士の一人がそれを確認し、頷《うなず》いた。

「ウェッジ、君も参加しないかい？　三人の方が遊べるゲームが多いんだよな」

「殿下がそうおっしゃるのであれば」

ウェッジと呼ばれた、線の細い騎士の人が殿下にイスを勧める。

僕も子供用の背の高いイスに足をかけて座る。

騎士さんが自分のイスを運んでくる。

「それじゃあ何をしましょうか」

「なんだかんだで黒星からがいいかな。ウェッジ、切ってくれ」

「殿下、少しお待ちを」

騎士の人は鎧《よろい》を外して、壁の近くにある大きな木箱の中に押し込んだ。

さすがに鎧をつけたままカードで遊ぶのは嫌だったらしい。

「さて、では自分がシャッフルを務めさせていただきます」

「よろしくお願いします。えっと」

「僕の護衛騎士をしてくれているウェッジ＝フォルナーベだ。親衛隊の隊長でもある」

「お初にお目にかかります、フォルナーベ伯爵。ジルベール＝オルトです」

「しっかり勉強されているようですな、ジルベール君。護衛の任の間はウェッジと呼んでくれ」

「畏《かしこ》まりました、ウェッジ伯爵」

クレンディル先生の授業の成果が出てるよ！

殿下と殿下の護衛のウェッジさんと一緒に遊びながら適当に話をしていると、ドアがノックされた。

「お待たせいたしました」

「もういいのかい？　久しぶりの息子の帰省なんだろう？」

「ええ。妻はまだ話をすると言っていますが、十分に時間はいただけましたので」

登場したのはお父さんだ。二人のメイドさんを後ろに連れている。あれ？　殿下の連れてきたメイドさんなのに、うちのメイドの服を着ている。

「こちらもゲームに興じて時間を忘れていたが、そうか」

結構盛り上がったからね。殿下もウェッジさんもなかなかに負けず嫌いだ。

「ジル、私の横に」

「はぁい」

「……ジル？」

「はいっ！」

おっと、遊んでいたから気が緩んでしまった。いつもの間延びした返事をしてしまった。

その光景にクスクス笑われるが、僕は子供なので勘弁してほしい。

「片膝を立てて、私と同じように」

「はい」

お父さんが殿下相手に跪《ひざまず》いて、頭を下げる。

僕もお父さんと一緒に並んで同じように頭を下げた。

「では始めよう。王に代わり、その第一子、フランメシア王国第一王子、レオンリード＝フランメシア＝アルバロッサがアーカム＝オルトに伝える」

「はっ」

「王国騎士団第一親衛隊所属、ウェッジ＝フォルナーベ伯爵の立ち会いのもと、汝《なんじ》に伯爵位を授ける。オルト子爵家次男ジルベール＝オルト、そなたが子爵家の家族の立会人だ」

「はい」

ええ？　お父さんなんか爵位が上がったんだけど！　動揺を隠しつつ、僕は殿下の言葉に返事をした。

「アーカム＝オルト伯爵、そなたの王家への忠誠に陛下は満足されている。今後もより一層の活躍を期待する」

「ご期待に沿えるよう、微力を尽くしてまいります」

お父さんは殿下に言葉を返して立ち上がる。僕もそれに合わせて立った。

殿下はウェッジさんから何かを受け取って、お父さんの胸元に飾る。勲章のようなものだ。それと正式な爵位の証明書も手渡された。

「さてジルベール。疑問があるだろう？」

「はい、殿下。立会人は兄が相応《ふさわ》しいのではないのでしょうか？」

次期領主であるお兄ちゃんをないがしろにしたようで気分が悪い。

「本来はそうだ。だが今回はこの後で面倒なことがあるのでな。説明するからまた座ってくれ」

殿下はそう言って僕をテーブルに促す。

殿下とウェッジさん、お父さんが席に座り、僕もお父さんの横に座る。

お父さんと一緒に来た黒髪のメイドさん二人がイスに座らせてくれたのが、少し気恥ずかしかった。

「先ほどの話の続きになるが、お前をこの場によこしたのはオルト伯爵の奥方やミドラも了承の上だ。安心するといい」

殿下の言葉に胸を撫でおろす。

普段殿下と行動を共にしているというお兄ちゃんが、何かをやらかしてこの場に来られなくなった可能性もあったからだ。

「息子さんは随分聡《さと》いですな。アーカム殿」

「そう言っていただけると、嬉《うれ》しく思います。ウェッジ殿」

お父さんがそう言って僕の頭を優しく撫でてくれた。

「今回、ジルベール、お前がここにいるのはジルベールカードの支払いについての話だ。安心して聞きなさい」

「支払いですか？　もう商会は立ち上がったのでしょうか？」

カードの作成自体は毎日しているけど、ハンコが押される前の真っ白なカードを溜《た》め込んでいるだけの状態だ。

たまに屋敷に帰ってきたシンシアがハンコを押しているようだけど、その後の話は知らないし、すでに売り出したという話も聞いていない。

「商会はすでに動き出している。だがまだ表立って活動を行ってはいない」

「商品が一種類しかないから活動も何もないだろう？」

お父さんの返事に殿下が苦笑いをして答える。

「最初のセットの大半は閣下が購入なされる。それを元手に商会の基盤を作るのだが、陛下と殿下もジルベールカードを欲しがってな」

「それで支払いの話になるのですか。でもなんで僕に？　お父さん……父上の裁量でいいのでは？」

「ジルよ、物を作って売るのだ。お前に収入が入るのも当然だろう？」

「……おぉ！」

ポン、と手を叩《たた》く僕。確かにそうだ。僕が生産者で、それを販売するのがお父さんだ。

「だが今回はルール作りを先にしなければならなくてな、その前に王家がお金を表立ってオルト伯爵家の商会に支払うわけにはいかないのだ」

「端的に言うとだな。金は払えん、だが物は欲しいという状況だ」

「ウェッジ様、わかりやすいですけどぶっちゃけすぎでは？」

思わず突っ込んでしまうが、はっはっはっはっと豪快な笑いが返ってくるだけだった。

「王家の方々にはすでに献上しているのですよね？」

先ほど家族で遊んでいると殿下もおっしゃっていたので、すでに手元に届いているのはわかっているが、これは確認の意味でお父さんに投げかけた言葉だ。

「無論だ。だが王家としても同じ品を毎度無償で受け取るわけにはいかんのだ」

「とはいってもジルベールカードですよ？　家族で一つあればそれで充分じゃないですか」

支払いに大きなお金が動くようなものではないはずだ。

「なるほど、認識の違いがあるな。ジルベール、こいつをいくらぐらいで販売すると思っている？」

「銀貨一枚くらいでしょうか？」

日本円で千円、こっちの単位で言うと一〇〇〇キャッシュだ。ぶっちゃけトランプなんか千円で二つくらい買えるだろうが、真新しいものだからもうちょい値段がつくだろう。

「金貨で十五枚だ」

「はぁ？」

一セット一五〇万円ってことですか？

「いくらなんでもボりすぎじゃ？」

「これでも値段は抑えたのだぞ？」

大本である魔導書の紙片はダンジョンで取り放題で、勝手に青い鬣《たてがみ》の連中が持ってきてくれているものだ。

実質的に、お金がかかっているものなんてハンコのインク代くらいじゃないの？

「貴族の子であるジルベールの手作り。しかも今までに存在しない遊具だ。このくらいの値段は当然だろう」

「買う人いるの？　それ」

「すでに話を聞いた親戚筋から問い合わせがすごくてな……」

殿下が肩を落としている。

「ルール作りのために根回しをしているところでな。身内の信用できる者とはすでに遊んでいるのだが、屋敷から出られない子供に与えたいとかなり言われている」

「マジっすかぁ」

一〇セットで一五〇〇万円の収入ってこと？　いま僕は知識チートをしているっ！　輝いているっ！

「一二〇セットほど用立ててほしいのだが」

「金貨一八〇〇枚っ！」

「お前の子供、計算早いな」

「え？　でもそんな金額、即金で出せるんですか？」

「出せぬから、お前の父と交渉させてもらったよ」

ウェッジさんが関わっているらしい。

「というわけで紹介しよう。チハヤとチグサだ」

「「よろしくお願いします」」

殿下の言葉に、先ほど僕をイスに持ち上げてくれた子とイスを引いてくれた子が頭を下げて挨拶をしてきた。

「彼女たちは国有奴隷だ。今回の支払いに使うことにした」

「千早《ちはや》＝シャーマリシアです」

「千草《ちぐさ》＝シャーマリシアと申します」

わお、なんか名前が日本人のハーフっぽいっ！

てか奴隷って。

「奴隷って、王国法で禁止されてますよね？」

「そうだな」

王国法では、個人での奴隷の所持を禁止している。

「彼女たちは、いわゆる犯罪者の家族だ」

彼女たちはもともと、王家の造貨局の責任者の娘さんだったらしい。

だが彼女の父親がその造貨局で、隠れて色々とやってしまっていたそうだ。それを彼女たちが告発した。しかも告発の際に、姉の千早さんは父親の首と証拠の書類をお土産にして、当時仕えていた第一王女に渡したそうだ。

その証拠をもとに父親と悪事に加担していた親戚、親しい貴族家や部下たちが悉《ことごと》く死罪となった。

だけど、千早さんは悪事を暴いた功績により、そして千草さんは千早さんの願いにより死罪とはならなかった。

姉の千早さんはもともとうちのお兄ちゃんと同じような立ち位置で、現在の第一王女に仕えていたそうだ。千早さんは妹の千草さんだけでも守れる方法がないかと考え抜き実行に移した。それが父親殺しだったということだ。

「チハヤの目論見《もくろみ》通り、僕の姉上はチグサを守ると言った。そしてチハヤも守ってみせるとな」

そこで適用されたのが、王国法の穴をついた国有奴隷だ。個人で奴隷を持つことは禁止されているので、すべての奴隷は国の管理下にあるというものである。

ＪＯＢを持ち実力のある貴族や、冒険者が罪を犯してしまったときにも適用されるものだそうで、一人一人に犯罪に応じた金額の価値が与えられ、その金額を返金できるまで国の奴隷となるそうだ。

「つまり、奴隷である彼女たちを使ってお金の代わりに支払うと？」

「その通りだな。オルト伯爵も納得してくれた」

「納得させられたんです。確かにジルの護衛や教育係、それにうちの使用人の少なさには困っていましたが、まさか国有奴隷を差し出されるとは思いませんでした」

「確実に信用ができるうえに、裏切りの心配もない。しかも彼女たちは貴族院を出て間もない。ジルベールの教育にはもってこいだと思うが？」

「お父さんが納得してるなら、僕は別にそれでいいですけど」

そう言って二人を見る。

背が高く、前髪パッツンの長いストレートの黒髪なのが千早さん。

背は千早さんより小さく、同じく黒い髪の毛を後ろで一本の三つ編みに束ねている千草さん。

千草さんの方が胸が大きいけど、妹らしい。

「チハヤは東国のＪＯＢである侍《さむらい》を修得しており、そこらの騎士にも引けを取らぬ実力者だ。チグサは優秀な司祭で、高司祭にたどり着けるであろう逸材だ」

侍ってＪＯＢは初めて聞いたな。やはり続編だから色々ＪＯＢや設定が増えているんだろうか。

「お役に立ってみせるわ。よろしくね？　若様」

「若様、よろしくお願いします」

「ジルベールが問題ないというならそれでよかろう。さあ、この書類にサインをしてくれ」

「僕が？」

「お前への支払いだからな」

「……次からはお金でお願いしますね。お父さんも」

「う、うむ」

「ははは、まあ今回だけだ、今回だけ」

「本当かなぁ」

そして用意された書類に目を落とす。

あれ、この書類おかしくないですか？

「王家が一番得してるんじゃないか？　第一王女は他国に嫁ぐって噂《うわさ》を聞いたし」

ウェッジさんの言葉に殿下がピタリと動きを止めた。

「……第一王女が他国に行く際、彼女たちは奴隷の身分だから国の外に出せないわけですよね？」

ウェッジさんの呟《つぶや》きに、お父さんも言葉を続ける。

「う」

なるほど。そうなると彼女たちはどこか別の場所に移さなければならないわけか。主《あるじ》のいない後宮に置いておくこともできないし。

かといって下手な部署に回すのも問題だ。彼女の親戚筋の大半が死罪になっているのに、生き残っていたというのは何かと目立ってしまう。

しかも陛下や殿下は、根回しと称して周りの貴族にカードを売りつけて現金化するわけだ。

彼女たちを僕に押しつけつつ、自分たちは現金を手に入れると。

確かに、ずいぶんと美味《おい》しい役回りである。

「その辺は大人たちの話ですからいいですけど。この書類だとお父さんじゃなくて僕が完全に彼女たちの主になるみたいなんですけど」

「私にはミレニアがいる。若い女性の奴隷など持てんよ」

「僕ならいいんですかね？」

国有奴隷である二人の管理者になるのは僕だ。

「まだ五歳のお前なら、女性の奴隷を持っても問題ないだろ」

「彼女たちの衣食住を僕が保障しなきゃいけないらしいんですけど？」

「そこはほら、保護者がいるうちは問題ないではないか」

「成人したらどうするのさ」

僕はいずれ家を出なきゃいけないんだぞ？　それにストーリーが始まったら、血なまぐさい生活になるかもしれないんだから。

「ジルベールカードの売り上げがあれば普通に養えるではないか。長く使っていれば傷むものだ。常に販売の需要はあるだろう」

「そのうち価格が崩れると思うんだけど？」

「その時はまた新しい商品を作ればいいではないか」

「この国でそれをできている人がいったい何人いるのやら」

僕が思わず聞き返すと、大人たちが顔を見合わせる。

「……なかなか良い教育をしているようで」

「耳が痛い話だ」

「申し訳ございません」

お父さんに矛先がいってしまった。しかしまだ定職についていない身としては人の命を預かれるような立場ではないのだ。

「ジルベール、お前の才能なら王国魔法師団に入れるから大丈夫だ」

「お父さん……」

お父さんの言葉に僕は呆《あき》れてしまう。考えが甘いよ。

「入れる才能があるのと実際に入れるかは別だよ？」

「ビッシュ兄上がいるうちなら問題ないさ」

「コネってこと？　結局他力本願じゃん」

両親に頼って彼女たちを養うか、おじさんに頼って養うかの違いしかないと思うけど？

「……とにかく、決定した話だ。サインをしてくれ。次の話もしたい」

「はいはい」

結局は言われるままにサインをする羽目に。

仕方ない、盗賊の指先のスキルのおかげで綺麗になった僕の文字を披露しますかね。

「確認した。無事にサインももらえたことだし、これで完了だな。ジルベール、まだ大人しく座っていてくれ。これからは話を聞いていてくれるだけでよい。子供にはどうかと思ったが、そこまで理解力があるのならば話がわかるはずだ」

「う？」

僕の美文字はスルーされてしまった。次に殿下に言われたことに、僕は疑問を口にする。

「オルト領の拡大の話だ。オルト伯爵の家族として話を聞いてくれればよい」

「それこそお兄ちゃんに立ち会ってもらうべきじゃないのですか？」

「あいつにはすでに説明してあるから、お前が聞いてくれ」

「はぁい、あ、はい」

叱《しか》られる前に訂正。危ない。

「ダンジョンの発見とジルベールカードの開発で、オルト領の収入は格段に増える。これにより子爵にしたままにしておくには彼の権威が足りないと判断し伯爵位に上げたわけだが」

あ、そんな経緯だったんだ？　どっちも僕が関わってるや。

「ええ。ダンジョン周りの開拓も考えると、使える兵の数も増やしたいですからこちらとしても否《いな》はありません」

そもそもお父さんの立場上、王様からの命令に否とは言えないよね？

「だが伯爵が持つ領の広さとしては狭いからな。隣接している王家直轄領とベルベット叔父上の所領の一部を分割して渡す手筈《てはず》になっていた。ここまではいいな？」

「立場が変わる分、責任が増えるってことでしょうか？」

「その通りだ」

殿下の返事にお父さんも頷いている。

「ウェッジ」

「かしこまりました」

ウェッジさんが荷物の中から大きな紙を出して広げる。

これはオルト領の周辺地図だ。簡単に描かれているものだから高低差とかは不明。

「イーリャッハがここでオルト領の領都がここだ。そして追加されるのがこの村とこの街の周辺を一帯とした地域だ」

あらかじめラインが引いてある。上空から見られるわけじゃないけど結構正確に記載されている。

「こちらですか……灰色の大森林に近いですね」

「灰色の、え？」

お父さんからの言葉に、思わず聞き返してしまった。

灰色の大森林。

『ユージンの奇跡』でも登場した世界樹の森から広がる大森林のことだ。

世界樹と呼ばれる、ファンタジーではド定番の天を貫くような巨大な木。

エルフたちはその巨大な木を信仰し、その木の下で穏やかだが強い国家を形成していた。

そう、過去形である。

「まだあんのかよ」

「ん？」

「いえ、なんでも」

背中から汗が噴き出る。

マジか、ユージンたちは世界樹を無視して世界救ったのか！

「最後の姫君の犠牲で大規模な侵攻は防げましたが、灰色の大森林の版図はいまだに広がっていると聞きますが」

「ああ、この地図も十年以上前のものだ。この辺りには広大な森林地帯がないから徐々にしか灰色の世界は広がっていないが、それでももう少し広い範囲に及んでいるだろう」

最後の姫君……ユージンたちの仲間になる予定だった、エルフの姫のマーニャのことだ。なるほど、物語には登場しないわけだ。仲間にならずに灰色の大森林の問題に向き合っていたのだろう。

「灰色の木々が伸びた場所は魔物も出ないし他の植物も生えないって聞いたけど」

「その通りだ。灰色の大森林は生物の気配をまったく感じない異質な世界。だが生えている木々を傷つけると、ダンジョンのように魔物が生み出される厄介な土地でもある」

灰色の大森林の中心には元世界樹。闇に堕《お》ちたエルフの王子である、魔王軍四天王の一人となったダークエルフによって反転の呪いがかけられてしまっている。

本来は聖なる属性を持つ世界樹は、闇の属性を得て『イービル＝ユグドラシル』となっている。

ユージンがそのダークエルフと戦い、勝利したときにイベントの会話でダークエルフから『イービル＝ユグドラシル』を世界樹に戻す方法を教わり、キーとなるアイテムをもらうのだ。

そして世界樹を元に戻すことで、仲間になるのがエルフのマーニャだ。ハンターのＪＯＢを中盤くらいまで上げていて、騎士のＪＯＢも最大レベルで持っている強キャラである。

彼女はエルフの悲願を成し遂げたユージンたちに感謝をし、また兄である王子をダークエルフへと変貌させた魔王に恨みを持って仲間に入るのだ。

「これは……マズいかも」

イービル＝ユグドラシルは動かない。その代わり地面の下の根を徐々に広げて近くの植物を支配下に置いているのだ。

その支配下に置かれた木々は色を失いイービル＝ユグドラシルの一部となる。そしてその木々を起点にまた根を広げるのだ。

地面の下はイービル＝ユグドラシルの根にびっしりと覆われてしまい他の植物は死滅してしまうし、新たな芽は育たない。

残った木々はイービル＝ユグドラシルの一部なので、攻撃を受けたりすると『エレメンタルウッドマン』と呼ばれる魔物が生み出されて反撃をしてくる。

ストーリーの後半で戦うモンスターだから、これがなかなか強い。

結果、灰色の大森林に棲《す》まう魔物はエレメンタルウッドマンのみで、他の動物や魔物はおらず、生命を感じない異質な世界となっているのだ。

いずれは大陸すべてを覆ってしまうのではないかと言われているが、根本的な対策はゲームの段階では取られておらず、ユージンたちが攻略をすることになるのだった。

「しかしあそこの近くは御免こうむりたいというのがこちらの心情なのですが」

「エルフたちの犠牲で侵攻の速度はかなり遅い、拡大するにしてもまだまだ先のことになるであろう」

マーニャたちエルフの王族はエルフを率いてイービル＝ユグドラシルに楔《くさび》を打っている。

彼女たちは自らの姿を石に変えて、イービル＝ユグドラシルの成長を防ぐ儀式を行っているのだ。

イービル＝ユグドラシルはもともと世界樹だ。世界樹へ直接干渉する儀式魔法がエルフの王族たちには伝えられていて、この大陸はエルフたちの犠牲によって成り立っている。

ゲームでは、マーニャが儀式魔法を行う前にユージンはイービル＝ユグドラシルをなんとかしたんだけど……。

物語では、元王子のダークエルフからユージンは解決方法を聞き出していなかったのか？　それとも解決方法を聞き出したものの、そのアイテムを準備できなかった？

ゲームと違い現実の戦いだ。最後の言葉を聞く前にトドメを刺してしまったのかもしれない。

「ここの領土を拡大するとなると……」

「こちらの街には代官を置いてある。引き継ぎはそちらから……」

お父さんたちが拡大する領地について話しているが、頭の中に入ってこない。

エルフ、エルフか……ファンタジー定番の種族だな。

数万ものエルフの犠牲によって成り立っている王国の平和……だ。

どうにかできる、手段はある。知っている。

どうしよう、どうしようかな。

ゲーム時のユージンと現実のユージン

☆☆☆　ゲーム時のユージンたち　☆☆☆

「とうとう追い詰めたぞ！　堕《お》ちた王子！」

「ふ、追い詰めただと？　何をもって追い詰めたと言うのか」

ユージンたちは冒険の末、因縁あるダークエルフの男の居城まで乗り込んでいった。

そこで待ち受けていたのは、ダークエルフの王子と彼を守ろうとその前に立つ首のない二人の騎士。

「さあ、魔王城の結界を解いてもらおうか！」

「ついでに世界樹の秘密もゲロっちまいな」

ユージンと共に王子に杖《つえ》を向けるのは賢者ガトムズ。

彼の出身の街にはエルフも多くいて、そのエルフたちの悲願を聞いて育った彼としては、世界樹の解放もこの旅の目的の一つである。

「お前たち程度の力で、魔王軍四天王たる我を倒せると？　勘違いを誰も正してくれないとは、英雄とは悲しい存在だな」

「私たちの実力を侮るとはいい度胸ね」

「この連中の勘違いを毎回正す僕の苦労を知らないのも考えものだな」

「今はそんなこと言ってる場合じゃないでしょ……」

ユージンの幼馴染《おさななじみ》、高司祭まで上り詰めたミルファの気の強い言葉と、どこか疲れた感じの言葉を放つ騎士のバルムンク。

王都から離れたド田舎出身の二人と、スラム出身というガトムズ。彼らの常識のない活動にストップをかけるのもユージンの仕事の一つだ。

「ふん、つまらん問答は必要ない。これを見るがいい」

ダークエルフの王子は自らの上着をはぎ取って、上半身をむき出しにした。

心臓のある位置に、黒いオーブのようなものが埋め込まれていて、怪しく脈動している。

「これこそが魔王城を守る結界の礎《いしずえ》の一つよ。これを壊さねば魔王様の元へはたどり着かん。つまりお前たちは我を殺さなければならないということだ。お前たち程度の実力では我に勝つことはできん。つまりお前たちは一生魔王様の元へは行けないということだ！」

ダークエルフの王子の言葉に、首のない騎士の二人が前に出る。

「だが安心するといい。お前たちを殺したら、次はお前たちを唆《けしか》けた人間共の国を滅ぼしてやろう！　そして最後は世界樹だ！　我の思い通りにならぬ失敗作のカースド＝ユグドラシルも馬鹿なエルフ共々滅ぼしてくれるわ！」

「やれるものなら！」

「やってみろ！」

こうして戦いの火蓋《ひぶた》が切って落とされたのだ。

激しい戦いの末、ユージンたちは辛くも勝利を収める。

そして倒れ伏したダークエルフの王子に、ユージンたちは言葉を投げかけた。

「もうおしまいだな。王子よ、お前の妹より伝言を預かっている」

「……我に、妹、など……肉親などおらぬ」

絞り出すような言葉を、吐血と共に言う王子。

『世界樹は我らを騙《だま》したりはしません。何も言葉を発しないアレが何を言って騙すのでしょうか』

……と」

「くだらんことをっ」

『どのような形であれ、また兄上と、両親と、エルフの民と暮らしたかった』。そう伝えるように言われました」

その言葉を聞いたダークエルフの王子の黒と赤に濁った瞳に、本来の白い色が戻る。

「だが、我は確かに……聞いたのだ、いや、あれは？　世界樹？　まさか魔王様……くっ！　魔王かっ！」

「おい！　魔王と言ったか！」

「……聞け、賢者。今の世界樹は、あらゆる攻撃に対し……反撃を行う。自身の身を守るために、そうせざるを得ないのだ」

「どういうことだ」

「世界樹は地中から魔力を吸い上げ、世界に拡散する、役目を持つ、それをしなければ魔力が循環せず、世界が滅びる、からだ。私は世界樹に縛られる運命を……世界を、滅ぼしたかった……」

「何の話だ？　それより世界樹を……」

「闇に堕ちても、世界樹は、世界樹であるという、だけだ。エルフの代わりに、魔物を、生み出しているに、すぎない。世界樹の本質は、変わらないのだ」

「どうすればいいんだ」

「聖なる、力を用いて、成長させよ」

「成長？　世界樹を育てろというのか？」

「ああ、そうだ。ぐはっ、時間だな……」

ダークエルフの王子は、自らの心臓に埋め込まれたオーブに手をかけた。

「くだらん、術に、何百年も、かかって、いたわけ、だ。だが、これでは……終わらん」

肉を裂き、血を噴き出しながらそのオーブを取り出して王子は大きく血を吐き出した。

「我に、残る、聖なる力よ……このオーブに、世界樹と同じ呪いを……」

「な、なにを……」

「世界樹、には、属性反転の呪いが、かかっている。本来の世界樹は聖、その力を、呼び覚ませ、これを使って、な」

王子が胸から取り出したオーブは、先ほどと違い神々しい光を放つ聖なるオーブへと変わっていた。

「世界樹の、少し、でも、聖なる力を、育てれ、ば、世界樹は、自ら、呪いに……打ち克《か》つ……お前たちに、託す」

「おい！　何を言っている！　マーニャ様はあんたを待ってるんだぞ！」

「は、今さら、戻れるか、よ……」

王子はその言葉を最後に、瞳の色を失い、掲げていた手の力が抜けた。

彼の横にはオーブが転がり、どこか満足した彼の顔をそのオーブの放つ光が照らしていた。

てててーん！　光のオーブを手に入れた！

☆☆☆　現実のユージンたち　☆☆☆

「とうとう追い詰めたぞ！　堕ちた王子！」

「ふ、追い詰めただと？　何をもって追い詰めたと言うのか」

ユージンたちは冒険の末、因縁あるダークエルフの男の居城まで乗り込んでいった。

そこで待ち受けていたのは、ダークエルフの王子と彼を守ろうとその前に立つ首のない二人の騎士。

「さあ、魔王城の結界を解いてもらおうか！」

「ついでに世界樹の秘密もゲロっちまいな」

ユージンと共に王子に杖を向けるのは賢者ガトムズ。

彼の出身の街にはエルフも多くいて、そのエルフたちの悲願を聞いて育った彼としては、世界樹の解放もこの旅の目的の一つである。

「お前たち程度の力で、魔王軍四天王たる我を倒せると？　勘違いを誰も正してくれないとは、英雄とは悲しい存在だな」

「私たちの実力を侮るとはいい度胸ね」

「この連中の勘違いを毎回正す僕の苦労を知らないのも考えものだな」

「今はそんなこと言ってる場合じゃないでしょ……」

ユージンの幼馴染、高司祭まで上り詰めたミルファの気の強い言葉と、どこか疲れた感じの言葉を放つ騎士のバルムンク。

王都から離れたド田舎出身の二人と、スラム出身というガトムズ。彼らの常識のない活動にストップをかけるのもユージンの仕事の一つだ。

「ふん、つまらん問答は必要ない。これを見るがいい」

ダークエルフの王子は自らの上着をはぎ取って、上半身をむき出しにした。

心臓のある位置に、黒いオーブのようなものが埋め込まれていて、怪しく脈動している。

「これこそが魔王城を守る結界の礎の一つよ。これを壊さねば魔王様の元へはたどり着かん。つまりお前たちは我を殺さなければならないということだ。お前たち程度の実力では我に勝つことはできん。つまりお前たちは一生魔王様の元へは行けないということだ！」

ダークエルフの王子の言葉に、首のない騎士の二人が前に出る。

「だが安心するといい。お前たちを殺したら、次はお前たちを喚けた人間共の国を滅ぼしてやろう！　そして最後は世界樹だ！　我の思い通りにならぬ失敗作のカースド＝ユグドラシルも馬鹿なエルフ共々滅ぼしてくれるわ！」

「やれるものなら！」

「やってみろ！」

こうして戦いの火蓋が切って落とされたのだ。

「強敵、だった！」

「くそ、加減できる相手じゃなかったとはいえ……」

「仕方ないでしょう。仲間の命には代えられない」

ユージンの最後のひと突きは、王子の心臓をオーブごと貫いていた。

即死だった。

「世界樹の秘密は、聞き出せなかったか」

「そうね、でもエルフのみんなが頑張っているもの。きっと大丈夫よ」

「ああ、マーニャ様たちを信じるべきだな」

ユージンは王子の体から剣を引き抜いて血を拭《ぬぐ》った。

「これで結界が解けたのか？」

「あと三人の四天王を倒せば解けるって話だろ。まだだ、まだ」

魔王城を囲うように用意されている四天王の居城。

そこにいるすべての四天王を倒さなければ、結界は解かれないのだ。

「次の戦いに備えて、休むべきね。武器もだいぶ傷んできたし」

「すぐに他の四天王も倒そうと言いたいところだが」

ユージンの言葉に、三人は心から嫌そうな顔をする。

「わかってるよ、一度街に戻ろう」

「それがいいだろう。イノシシみたいに突っ込むだけが戦いじゃない。わかってきたじゃないか」

「バルムンクのおかげでね」

お互いの顔を見合わせて、声を出して笑い合った。

こうしてユージンたちは一つの戦いを終わらせた。そして次の戦いの準備をするのであった。

お父さんたちの話し合いが長く続きそうだったので、一旦《いったん》休憩になった。

それもそうだろう。殿下たちは長旅をしてウチに到着したばかりなんだから。

以降の話し合いには僕は要らないとのことで、夜の晩餐《ばんさん》までは千早《ちはや》と千草《ちぐさ》の二人と話すといいと言われ、二人を伴って僕の部屋に戻った。

一緒に色々と渡された資料もある。子供ボディの僕にこれを読めと？

なかなかの量である。

その中でも特に多いのが国有奴隷の説明と、千早さんと千草さんの今までの行動についての資料だ。

書かれていたのは、奴隷という状態がどういうものであるかということだ。

国有奴隷は王家の所有物であり、王家の犬である。

犯罪者たちの中で、有用な能力があったり、情状酌量の余地があったりする人間の一部が死罪にならずに奴隷化されるのだ。

基本的には激戦区での戦闘や鉱山なんかでの強制労働をさせられることが多いらしい。

ＪＯＢを持っていれば力も強いから物も一度に運べたり、魔法が使えたりと便利なようだ。

彼女たちはもともと、学生時代に第一王女の側付《そばづ》きとして共に行動をしていたようだ。

うちのお兄ちゃんと同じ立場だったんだね。

第一王女からの覚えもめでたく、他の王族とも顔を合わせていた機会があったことで人となりが知られていたこと、そして自分の父親を犯罪者として処断した功によって死罪を免れたらしい。

鉱山等へ送られなかったのも第一王女のおかげだそうだ。

そして彼女たちは、奴隷という立場ではあるものの正式な立ち位置は王家の犬。

僕が王家や国家へ不利益をもたらす行動を起こそうとした場合や実際に起こした場合には、国家にそれを伝える義務も負っているそうだ。

基本的には僕に絶対服従だし僕と敵対することはないけど、僕の上に国が存在しているらしい。

つまり、目に見える形のスパイだ。これじゃあ確かに他国には連れていけないし、こういう存在だと知っていれば向こうの国も受け入れたくないだろう。

「僕はカードのことで秘密を持っているんだけど、王族に報告する義務が二人にはあるの？」

資料を読んでいる間、直立不動で待っていた二人に顔を向ける。

「それが国に害をなす内容であれば、ご報告いたします」

千早さんが困った表情をしていたので、千草さんが答えてくれた。

「あ、ごめんね。二人とも座っていいよ」

「はい」

「失礼します」

資料を読み込むのに夢中になっていて、放置してしまった。失敗だ。

「きゃうっ！」

「え？」

千草さんが転んだ。イスに座るだけなのに？

「す、すみません」

「千草は何もないところでよく転ぶけど、あんまり気にしないで」

え？　何それ？　そういうキャラ付け？　まさか千草さんもゲームの登場人物!?

「そ、そう。大丈夫？」

「へ、平気です」

顔を赤くして千草さんがイスに座り直す。

「えっと、王家に不利益と判断する内容を確認したいんだけど……」

「不利益をもたらす予定なの、ですか？」

「そういうことじゃなくて、僕がカードを作れるのは魔法の力なんだけど、こういう力を持っていたり、その力を個人で伸ばそうとするのって報告対象なのかな？」

鼻の頭を押さえていた千草さんが千早さんに代わって答えた。

「えっと、個人で強大な力を入手するにあたっての、経緯にもよります。例えば王家や領主が危険と判断し、封印している侵入禁止のダンジョンへの許可のない侵入ですとか。魔法や錬金術を使った非人道的な実験ですとか、邪悪な存在……例えば悪魔とか邪龍とかそういった類《たぐい》のものと契約をして力を手に入れようとする場合は報告対象になりますね」

いたたた、と鼻を押さえていた千草さんだけどしっかり答えてくれた。

ドジっ子メイドだ……。

「そ、そう。じゃあ職業の書を使ったり、特別な方法でレベル上げをしても、邪悪でなければ秘密にしてもらえるって認識でいいのかな」

僕の言葉に二人が頷《うなず》く。

黒髪で顔だちも日本人に近い二人だ。整った顔をしているけど、どこか安心できるのは僕が日本人だからだろうか。

「職業の書は私たちも持っているわ……持っています」

千早さんがしゃべると、千草さんが千早さんの手をペチンと叩《たた》いた。

「や、普通にしゃべっていいから」

「そう？　じゃあいい？」

「姉さん……はぁ」

千早さんは嬉《うれ》しそうな声を出し、千草さんはため息をつく。

「二人のＪＯＢを聞いていい？　持ってる職業の書も知りたいかな」

「あたしは戦士の書、そこから侍《さむらい》の書に行ったわ。剣豪の書があればさらに先に行けるんだけど」

「侍の上に剣豪なんてのもあるんだ……」

知らなかったよ。

「東国の一部に伝わる書よ。あたしの祖父がそちらの出身で、用意してくれたの」

「千草にはそちらの才能がなかったので、こちらの地方のＪＯＢと同じく神官と司祭のＪＯＢです。あと魔術師も修めています」

千早さんはがっつり前衛で千草さんは後衛なんだね。

「二人ともＪＯＢは上げてはいないよ……ね？」

「王家には王族専用のダンジョンがあるから、そこで姫様と一緒にパーティを組んでたのよ。だからそこそこ育てているわ」

「姉さんはしっかり侍を育ててたけど、千草は司祭で止まっています……」

もともと貴族院に入ったのが一年違いらしいから、千早さんの方が育っているらしい。

「そっかぁ。あ、僕は魔術師ね」

「本当にその歳《とし》で魔術師になっているんだね」

「殿下に教えられてはいましたけど」

「うん、まあね」

勝手に魔術師の書を使っただけですけど。

そして今はシーフですけど。


コンコン、とドアが叩かれた。

千早さんは素早くドアのもとに行き、千草さんも立ち上がりこちらの顔を見る。

「はい」

「私だ」

殿下?

「千早さん、ドアを」

「はっ」

千早さんは使用人らしく、僕の返事を待ってドアを開けた。

僕も立ち上がって殿下をお迎えする。

「こんにちは」

「はい、先ほどぶりです。休憩はいいのですか?」

「まあ来てからカードで遊んでたしな。それに用事もあるし」

平伏しなくてもいいとこのあいだ言われたので、今日も軽く頭を下げるだけの挨拶にする。

「二人の主《あるじ》になった君に、届け物をね」

殿下はそう言うと、付いてきていたメイドさんから小包を受け取る。

それを机の上に置いた。

「君にお願いもあってね。しばらく彼女たちの力を借りたいんだ」

「どういう? あ、どうぞおかけください」

立ち話になってしまうので、殿下にイスを勧めて僕も着席する。

ここは僕の部屋だからテーブルもイスも低いため、少し手狭そうにしているのが面白い。

「君が見つけたダンジョンに私も入るつもりなんだけど、彼女たちの力も借りたいんだ」

「ああ、そういうお話ですか」

「むろん私がこちらに逗留《とうりゅう》する期間だけだが」

「……失礼ですが、どのくらいこちらにいらっしゃるご予定ですか？」

聞いた話では貴族院の休み期間、約三ヶ月間だ。

貴族院は遠方の領地から来る子供たちのために長い休みの期間をとっている。というか授業をしている期間の方が短い。

だから僕はお兄ちゃんと仲良くできているんだ。まあ去年は帰ってきてないけど。

「一応ひと月程度で考えている。その間にダンジョンで実際に戦うつもりだ」

「なるほど。問題ないですよ」

そもそも彼女たちは今までいなかった人間だ。問題なんて一つも起きない。

でも即答した僕に、殿下は驚いている。

「何です？」

「いや、ずいぶん簡単に貸してくれたものだなと」

「今までいなかった人間ですので。彼女たちに何かあったとしても殿下の問題ですし」

「正直に言うなぁ」

黒髪メイドがすぐにいなくなるのは残念だけど、彼女たちがいてもいなくても個人的には何かが変わるわけではない。

「これを主である君に預ける」

僕は先ほどテーブルの上に置かれた小包に視線がいく。

「開けても？」

「ああ」

開くと、そこには二冊の本。職業の書だ。

「これは、二人の？」

「ああ。姉上が彼女たちのために用意していたものだ」

「王女殿下から、ですか」

「姫様から……」

千草さんは何も言わなかったが、千早さんの呟《つぶや》きに彼女たちと王女殿下との関係性が窺《うかが》える。千草さんも職業の書から視線を離せずにいる。

「二人とも、使ってみて」

「「え？」」

「いきなりかい？」

「ダンジョンに行けるのは殿下と組める今が一番のチャンスですから。僕は子供なのでダンジョンは簡単に行けないでしょうし」

どうせなら稼ぎができる今のうちに修得してもらった方がいい。

僕に言われるまま、二人はそれぞれの、剣豪の書と高司祭の書を手に取った。

「……開けません」

「千草は、使えます」

一次職や二次職のＪＯＢと違って、最上位職――剣豪はその上かもしれないけど――それらの職業の書は使用するためにＪＯＢレベル以外の要件も必要だ。

高司祭は一定数以上の回数の回復魔法を使うことだったかな？　千草さんはそれをクリアしたうえでＪＯＢの数値もクリアしている様子だ。

剣豪の書の使用ができない千早さんは、ＪＯＢが不足しているか前提条件がクリアできていないか、それともどちらもクリアしていないのか。とにかく使えるのは千草さんだけのようだ。

「あ！」

そこで僕は失敗に気づく。

「どうしたんだい？」

「や、どうせなら授職の祭壇で使わせるべきだったかなって」

その瞬間に、千草さんは素早く本を閉じた。まだ使う前だったらしい。

「そうか。ここは古い領主館か。なら授職の祭壇もあるな」

「ええ、失敗です。お父さんに声をかけて、祭壇に行きましょう。千草さん、メイド服じゃなくて、ドレスとかあるかな？」

授職の儀というものを僕はまだ見たことがないのだ。どうせならそれをお父さんに取り仕切ってもらうことにしよう。

みんな一緒にお父さんのところへ向かった僕たち。ちょうどお母さんとまったりラブラブしてたところだったのにごめんね？

「授職の儀か。確かに必要だな」

「そうだよね！　お父さんにお願いしていい？」

「そうだな……殿下、いかがいたしますか？」

「やってくれ伯爵、私は少々文言が怪しい」

お兄ちゃんとリリーお義姉ちゃんもまったりラブラブしたそうだったのにごめんね？

あと殿下の言い分的に、殿下も授職の儀を行えるんだね。

「しかし、奴隷のためにか。ジルベールは少々変わってるな」

「ウェッジ様、僕が見たいだけですから」

この手の儀式を領主にお願いするのはお金がかかるのが普通だ。ウェッジさんがそう考えるのも不思議じゃない。

「うう、千草、立派になって」

「姉さん、泣かないでくださいまし」

メイド姉妹はなんか漫才みたいな状態になっている。

「お母さん、千草さんに相応《ふさわ》しい衣装って何かないかな？」

「司祭から高司祭になるのなら、確かにそれ相応の衣装が欲しいわね。司祭服はあるかしら？」

「ありますけど、戦闘でも着ていたので……」

あまり綺麗《きれい》じゃないらしい。

「私のが入ればいいけど」

お母さんと背格好が似ているから、いけそうな気がしなくもない。

「こっちへいらっしゃい。合わせてみましょう。手直しが必要なら後日にしないといけないし」

「は、はい！　わわっ！」

「つと、千草。気をつけなさい」

今度は千早さんが、千草さんが転びそうなのを助けた。うん、普段からフォローしてあげてくださいな。

お母さんに千草さんが連れていかれるなか、僕はシンシアに捕まった。

「ジルベール様もお着替えしましょうね。千早さん、ご一緒に」

「はい！　え？　僕も着替え？　いいけど、千早さんも着替えなくていいの？　妹さんの儀式の場なのに」

「若様、千早と呼び捨てで結構です。私も着替えますが、若様を優先させてください」

「当然です」

シンシアのその当然ですって発言は、どっちに対しての言葉なのかな？

「我々はいかがしますか？」

「今は色々と片付けをさせているところだ。使用人たちをさらに忙しくさせる必要もあるまい」

殿下とウェッジさんはもともとお父さんに伯爵位を与えるために、きっちりした身なりだったから問題なさそう。

お父さんは……着替えるらしいね。お兄ちゃんは騎士服だし、リリーお義姉ちゃんはドレス姿だし。あれ？　僕も着替える必要なくない？

「さあ、こちらへ」

「はぁい」

なぜかシンシアと千早さんに両手をつながれて部屋の外に連行される僕。

僕も殿下と会うためにおめかししてたよね？　これじゃまずいの？

先ほどまで着ていた服とは違い、白を基調としたお貴族様チックな礼服を用意され、シンシアと千早さんに着替えさせられた僕。

「お似合いです」

「若様、凛々《りり》しいです」

「凛々しい？　ホント？」

可愛《かわい》い以外の評価を初めてもらえた気がするよ！

「千早さんも急いで」

「はい、それと呼び捨てで」

「いいけど、そっちももっと砕けていいからね？」

「……殿下たちがお帰りになったら、そうします」

千早さんは使用人棟ではなく、僕の部屋の横の使用人室に行くらしい。

今までシンシアたちは向こうの棟に住んでたから、ちょっと新鮮だ。

姉妹二人がいなくなったけど、シンシアは変わらずに残っている。

「うーん、ネクタイをもうちょっと大人っぽいものにした方がいいかもしれませんね。どう思いますか？」

「このままで。殿下たちを待たせちゃまずいよ」

シンシアが拘《こだわ》り始めると長いので、そそくさと授職の祭壇へと向かうのであった。

全員の準備が終わり授職の祭壇に集まると、お父さんがそれぞれに指示を出し始める。立ち位置とか座り位置とか、儀式だからきちんと決まっているそうだ。ところで、僕の立ち位置おかしくない？　真ん中正面なんだけど？

そして準備がしっかりと終わると、お父さんが授職の祭壇の前に、こちらを向いて立った。

「では儀式を取り仕切る。ジルベール＝オルト、前へ」

お父さんの言葉に、僕は慌てて立ち上がる。

「はぁ……はい」

危ない。お父さんに睨《にら》まれてしまう。

それとなんで僕が前に出るの？　首を捻《ひね》っていると、お母さんが小声で教えてくれた。

「せっかくだから、ジルちゃんもするのよ。してなかったでしょ？」

「あ、うん」

お父さんとお母さんは前から儀式を行うつもりだったらしい。

これも家族の愛だろうか。そう考えるとこそばゆい。

「千草＝シャーマリシア、前へ」

「はい」

僕と同じように千草さん……千草も前に出る。ただ僕の横には並ばず、一歩後ろに立った。

「千草、並んでいいから」

「ですが……」

「お姉さんにいいところを見せたいでしょ？　こんなことで命令させないで」

横目で確認すると、千草が遠慮がちにうつむいた。

「ジルの言う通りだ。それにこれは古《いにしえ》より伝わっている大切な儀式でもある。並びなさい」

お父さんにも言われてしまえば、千草も観念するしかない。

彼女は意を決して一歩前に出た。

頼むよ、転ばないでくれ。

「二人とも、それぞれの職業の書を前に」

「「はい」」

お父さんと僕たちの間には横に長いテーブルがある。その上に僕は僕の使った魔術師の書を、千草はこれから使う高司祭の書を取り出した。

「ジルベール＝オルト」

「はい」

間近で見るお父さんは、いつもの騎士服ではないし、かといって儀式を取り仕切るような神職者の衣装でもない。

僕のお披露目式でも着ていた礼服で、オルト家の家紋も入っている。領主としてか、オルト家の当主としての正装かな？

「これより汝《なんじ》には、魔術師としての力を授かる。その力を正しいことに、人々のために使うことを誓うか？」

「誓います」

もう魔術師になっているけど、正式に儀式として受けるならこんな流れらしい。

「よろしい、オルト家領主アーカム＝オルトが、汝の誓いを確かに聞いた。では書を開き、序章を読み上げなさい」

「はい」

僕は魔術師の書を開いた。

「魔術とは世界の神秘。その神秘を扱う者を魔術師という。知識の神が生み出せしその魔力を研ぎ澄まさん。その力を持って神秘に近づかん」

シーフだった僕が、もう一度魔術師に戻ってしまった。あとでやり直そう。

「千草＝シャーマリシア」

「はい」

今度は千草の番だ。

「これより汝には、高司祭としての力を授かる。その癒《いや》しを平等に、傷ついた人々に使うことを誓うか？」

「誓います」

どうやら職業によって、問いかける文言が違うらしい。

でもあんまり難しくないね。殿下でもできたんじゃない？

「よろしい、オルト家領主アーカム＝オルトが、汝の誓いを確かに聞いた。では書を開き、序章を読み上げなさい」

「はい」

千草が書を開く。

「神官を極め、司祭を上り詰めた者が高司祭と呼ばれるのではない。癒しの女神の神意に従い、苦しむ者、救いを求める者に手を差し伸べる者を高司祭と呼ぶ」

千草が職業の書を読み上げると、徐々に職業の書が光を放った。

「汝らが得た力は常軌を逸するものになる。誓いを忘れず、己を律し、人々の希望になることを我は望もう」

「「ありがとうございました」」

お父さんの言葉を最後に、僕と千草は頭を下げた。

一応クレンディル先生に教わった作法の通りにできたはずだ。

「千草、息子の世話も頼む。こう見えてやんちゃでな」

「は、はい！　こちらこそ、このような機会を与えていただき、感謝しかありませんっ」

嬉しそうに職業の書を胸に埋《うず》めて返事をする千草。

「やんちゃ？　かな？」

「ジルちゃんはしっかりしてるけど、結構大胆だものね」

前科は一犯しかないと声高に言いたい！　実際にはシーフの書も使ったから二犯ですけど！

お母さんの言葉に、儀式を見守っていたみんなから笑いが漏れる。

千草が僕の肩に手を置いて、振り返るように指示をくれた。

その誘導に従い、千草と一緒に振り向いて、みんなに礼をする。

拍手だ。

こういうイベントは恥ずかしいけど、ちょっと嬉しい。

日本では子供の頃以降、こういったお披露目目的なのはなかったからね。

「うう、ありがとうございばじだ、わがざま」

「なんで千早が号泣なの？」

千早さん、巫女《みこ》さんみたいな袴《はかま》姿なのに袴がミニってちょっとエロくない？

しかも白いハイソックスで肌の露出面積を減らしてるところがまたエロい。

「千草は、神官になったとき以来、こういった公の場での儀式に参加できませんでしたから」

「ああ、なるほど」

「そのどぎは、あだじはみれながっだがら！」

「はいはい、次は姉さんの番だからね？　姉さんの格好いいところ、ちゃんと見せてよ？」

「あだじは、ぞういうのごないがもじれないじ」

「その、侍の次のやつ？　剣豪だっけ？　なれたらしようね」

「はい～」

「うう、よかったわねぇ」

「あ、お母さん」

お母さんも潤んでるよ。

「おぐざま！　いしょうまでおがりじでじまい」

「いいのよ、予備の服が着られてよかったわ。そのまま使っていいから、あとで裾とかは直しましょうね」

スタイルが近くてよかったね、でも手足はお母さんの方が長いらしい。その辺も日本人っぽい。

「そうですね。奥様のスタイルの良さに絶望しました。腰回りはゆとりがないし、胸も余ってますし……詰め物でなんとか……」

そういうのは男がいないところで話してね？

「しばらく殿下の補佐に入ってくれるんだってな？　千早、千草、よろしく頼む」

「わたくしも同行しますので、一緒に殿下を守りましょう」

「殿下のＪＯＢって聞いていいのかな？」

「ああ、騎士だぞ？」

お兄ちゃんとお義姉ちゃんだ。

「つまり、騎士が三人に侍が一人、高司祭が一人……バランス悪いね」

「ビッシュ伯父上が来るから問題ないさ」

「そうなんだ……大人数だね。いいなぁ」

みんなでダンジョン、楽しそう。

「あはは、でもごめんね。連れてはいけないの」

「いいよ。僕の足じゃ文字通り足手まといだし。お義姉ちゃん、お兄ちゃんと僕の従者をよろしくお願いします」

歩幅も体力も違うのだ。子供ボディは伊達《だて》じゃない。

「素直ないい子ね！　やっぱり可愛いっ！」

お義姉ちゃんからの好感度が上がったらしい。頭を撫《な》でてくれる。

「そういえば噂《うわさ》のビッシュおじさんは？」

「殿下の仮屋敷の警備体制と護衛の兵士や騎士たちのシフト調整だな。殿下が帰った後は自分の屋敷にするらしくってそれなりにやる気になっていた」

「ビッシュお義兄《にい》様も夜には来るわ。晩餐を共にする予定ですもの」

「おじさんは一緒に住まないいんだね？」

「一緒に住めばいいって言ったんだけどね。ジルに気を使ったらしいよ」

「僕に？」

なんでだろ？

「訓練以外でも顔を合わせてたら可哀想《かわいそう》だろってさ」

「どんだけ厳しくするつもりなんだろうか……」

恐ろしい。

ついでに気になっているもう一人についても。

「クレンディル先生は？　一緒に来られるって聞いたけど」

「先生は、こっちに来る直前に腰をね」

「ああ、いい歳だもんね」

どうせ重い軍盤を持とうとしてギックリきちゃったとかだろう。

「それ、先生に直接言うなよ？」

「先生の弱点は知ってるから平気」

必殺技は、軍盤の相手をしないぞ、だ。

この屋敷で軍盤を嗜《たしな》んでいて手が空いているのは僕だけだったから、これを使えばある程度大人しくなるのである。

「治ったら来るのかな？　無理しないでもいいのに」

「ああ。千草っていう教育係が増えたからな。先生には王都に行ったときに確認をお願いしますって言っておいた」

「それ、軍盤の確認とかじゃないよね？」

「……多分」

礼儀作法にうるさい人だったけど、ある程度の課題をこなすと一気に軍盤ジジイに変身する人だからなぁ。

思ってた以上に仰々しくなった授職の儀、とはいえ儀式の一つだからそんなもんだろうとも考える。ついでに王族もいたから本格的なものになったんじゃないかなとかも考えつつ終了。

とはいえ無事に終えられたので、今は自室でリラックスモードだ。

そんなところにノックと共に、来客だ。ビッシュおじさんである。

「久しぶりだな、ジルベール」

「いらっしゃい、ビッシュおじさん」

「ああ」

まだこの前のキラキラモードのままで、髭《ひげ》も生えてないし髪の毛もツヤッツヤのキラッキラだ。

「相変わらず、眩《まぶ》しい人ですね……」

「わぁー」

ウチの新人メイドの一人が早速やられている。

「お前らジルベールを頼むぞ？　たぶんこいつもオレと同じ人種だかんな。下手な虫を寄せつけんじゃねーぞ」

「『オレ？』」

「ん？　ああ、屋敷じゃ兄上が色々うるさくてな。『僕』で通してんだよ」

なるほど。確かに貴族としては荒っぽい話し方だ。というか賢者のイメージからだいぶかけ離れているけど。いや、ガトムズも孤児出身だからこんな感じだったか？

「んで、魔法の訓練はどーだ？」

「お母さんの作った砂の迷路攻略中。あれ操作が難しい」

というよりトラップ的に配置されたでこぼこの道を、丸い土の球を回転させるだけでクリアするのはほぼ不可能だ。

念動とかも使わないと無理なんじゃないかな。

「あー、あれは確かにいい鍛錬になるな。土系統の魔法使いにはもってこいの練習だ」

うんうん、とおじさんが頷く。

「結構有名な訓練方法なんだ？」

「別に流派がどうってわけじゃないがな。場所を取るけどどこでもできっから人目に触れるんだよ。土の魔法を使える師が弟子に操作を教えるのにいいしな。何よりあの迷路を作るのも師としての訓練になるし」

「おおー、理に適《かな》ってる」

教える側の訓練にもなるんだ。

「でもあれ、普通にやってクリアするの無理じゃない？」

「お、もう気づいたのか」

「え？　マジ？」

「ああ。マジだマジ。普通にやってクリアするのは無理だぞ」

「ってことは、始める前に台を用意したりするみたいに搦《から》め手《て》が……ああ、なるほど」

「思いついたか？」

「うん」

「よし、ほんじゃクリアしてみせろ」

おじさんが僕を持ち上げて肩に乗せる。

体は細そうな感じなのに結構力強いな。でも乗せるなら荷物みたいに担がないで、座らせて？

「つうわけで、早速やってみせろ」

「うん」

荷物となった僕は大人しく運ばれると、いつもの中庭に到着。

「あらあら、急ね」

一応師匠筋に当たるお母さんも登場だ。こちらを見かけたので付いてきたらしい。

「クリアできるってさ。やってみな」

「うん」

「じゃあ作るわね」

お母さんが砂の迷路を作成してくれる。

「じゃあクリアするね」

僕は土の球を作ってスタート地点に置き、土で別の魔法を生み出した。

「土槍《つちやり》」

ボボンッ！　と音を立てて、迷路を破壊する。

そして破壊してできた道に土球を転がしてゴールだ。

「これ？」

「正解、の一つだな」

「ビッシュお義兄様、ヒントをあげすぎじゃないかしら？」

「や、普通にやったら無理だって気づいたのはこいつだ」

そうやって僕の頭をグリグリ撫でる。

「コントロールの修行にはもってこいだからな。自分で迷路を作って球を動かすのは続けた方がいいぞ」

「ゴールまでわかっている迷路をクリアするのはなんか違う気がする……」

ピタ〇ラ装置でも作って遊ぼうか。

「別に迷路じゃなくてもいいんだよね？」

「まあ似たような複雑な構造のものなら何でもだな。水はかなり使えるんだろ？　炎よ、踊れ」

おじさんが火を生み出してそれを獅子にし、同じく火で輪を作って空中で獅子に火の輪くぐりをさせている。

「うん。水よ、意の形になりて指示に従え」

おじさんに倣って、水で小さな人形を作った。そしてみんなに礼をさせて、おじさんの作った火の輪をくぐらせる。

「特に水の適性が高いんだろーが、土もかなり便利な魔法が多い。色々教えたいから練度を上げとけ。オレの手が空いたら教えてやる」

「お願いします！」

僕の言葉におじさんも頷く。

「千草だっけか。お前も訓練に交ざるか？　魔術師持ってんだろ」

「わ、私は植物に適性が少しあるだけでして、ここまで精密には……」

「え？　植物に適性？」

カード作りを手伝ってもらえるかも？

「希少属性だな。人間にはほとんどいねえ。オレも基礎的な訓練方法しか知らねえな」

「おじさんも知らないかぁ」

「ああ、エルフの中にたまにいるくらいだな。実際に会ったことのあるエルフで植物適性を持ってた奴も一人か二人しか知らん」

そっかぁ。

「ちなみにその訓練っていうのは……」

「生育魔法を使って育てる方法だな。土が弱るからあんま推奨されないヤツだ」

「やはりそうですか……」

千草が肩を落としている。

「あ、うちの領地に物知りのエルフのお婆《ばあ》さんがいるらしい。聞いてみよっか」

「ほお、そりゃいいな」

「一族の秘伝とかだと教えてもらえないかもですが、聞いていただけるのであれば嬉しいです」

「とはいっても僕も会ったことないけどね」

シンシアとロドリゲスが前に言っていた人だ。

「シンシア先輩の、ですか。そうなるとすぐには無理そうですね」

「そうなの？」

「ここの使用人は少ないからな。基本、今は殿下中心だ。殿下たちがいる時点で大忙しだろ」

「そうだった！」

殿下め！

「まあ適当に抜けられる時間を作ってもらうしかねーな。ジルも話聞きたいだろ？」

「うん！」

ユージンにも会ったことがあるというお婆さんだ。話が聞きたいね！


晩餐を終えて、夜になる。

お風呂を一緒にとか騒ぐ千早と千草を黙らせて一人でゆっくり……入ろうとしたらビッシュおじさんとお風呂に入る羽目になった。

「なんでオレが……」

「たぶん、おじさんをお風呂に入れる口実だろうね」

いくら見た目が良くても清潔じゃなければ僕も嫌だ。

一人でお風呂に入らず、おじさんと入り頭を洗わせるのが僕に与えられたミッションである。

「おお、意外と鍛えられた体」

キラキラツヤツヤのこのおっさん。細マッチョだ。

あとデカい。

「賢者っつっても魔法師団にいりゃ外に出てのフィールドワークもそれなりにある。そんときに満足に動けないと死ぬからな」

確かに。移動手段が馬か馬車か徒歩なのだ。体力がないとすぐに疲れてしまって行軍どころではないだろうし、そんなときに魔物に襲われでもしたら大惨事である。

「じゃあ髪洗うねー」

「あ、こら待て」

「いいからいいからー」

普段洗われる側の僕だけど、こうして洗う側になるのも楽しい。

お父さんの背中を流すくらいしかしていないからだ。

お母さんの背中？　そんなところに攻め込む勇気は僕にはない。

「目に入るよー」

「お前、楽しんでるだろ」

「うん！」

子供は素直が一番なのである。

「わしゃわしゃー。泡立ち悪いね」

「髪にシャンプーや石けんが馴染《なじ》みにくいんだよ」

「サラサラなのも考えものだね」

どんな髪質してんだ。

そういえばシンシアやお母さんが僕の髪を洗うときも、桶《おけ》で泡立ててから頭にのっけてたな。僕の髪もこのレベルではないけどサラサラだもん。

まあこの人はサラサラキラキラツヤツヤの三拍子だけど。

「こうやって、泡立ててから」

「オレはいつまでこの体勢でいりゃいいんだ？」

「頭上げられたら届かないもん。鍛えてるなら大丈夫」

「こんなときのために鍛えてるんじゃねえよ」

とか言いつつも僕の手の届く位置に頭をおいてくれる優しさが嬉しい。

泡立てたらそれを頭にのせて、梳《す》くように髪を洗っていく。

「おじさん髪の毛多いね」

「普通だろ」

「うわ、また光の反射が強くなった」

「お前も似たようなもんだからな？」

「そうかなぁ？」

僕はおじさんと違って髪をそんなに伸ばしてないからよくわからない。

マオリーやシンシアはあまり切りたがらないけど、僕は長いのは嫌なのだ。貴族でも短髪が珍しくないから問題なく切ってもらえてる。

まあ長い髪の貴族の人もいるけど。

「おじさんは短髪にしないの？」

「たまにしてるぞ。伸びたら切るってだけだ」

「……最後にしたのいつよ」

「いつだったかなぁ。鬱陶《うっとう》しくなったら切る感じだからな」

「こんだけあって鬱陶しくなかったの？」

「……短くしたら短くしたで今度は周りが鬱陶しいんだよ」

ほんと、この人何者なんだろうか？　あれか？　この人だけジャンルが違うゲームのキャラじゃないのか？　乙女ゲーム的な。

「はい、流しますー。お湯よー泡を流したまえー」

手で桶を持ち上げて流すのは大変だから魔法で流す。ついでに魔法でわしゃわしゃさせながらだ。

「かゆいところはありませんかー」

「ぷっ、なんだそりゃ」

ツボったらしい。

無事洗い終わると、おじさんが髪をかき上げた。

「ふう。まあすっきりするのはいいな」

「普段からやればいいのに」

「そうだなぁ。こっちにいるときはそうするかー」

「おじさんがイケメンすぎて仕事に手がつかないなんて人が出るまではやればいいんじゃない？」

「そもそも視線が鬱陶しいんだよな……」

それはもうしょうがないと思う。男の僕でも見惚《みと》れるレベルだし。

今なんか水も滴る全裸イケメンだ。セクシーレベルが測定不能である。

「よし、んじゃ次はお前ってブハッ！」

「ああ、これ？　便利でいいでしょ」

僕の肩からお湯でできた腕が伸びていて、僕の頭を洗っているのだ。

おじさんのために作った泡の残りでわしゃわしゃするのである。

「便利そうだが、オレはそこまで水の適性がないから無理だな」

おじさんはタオルを取って、今度は体を洗いだした。

僕の。

「自分で洗えるよ？」

「頭を洗ってやれなかったからな。お返しだ」

思ったより丁寧に洗われて微妙な気分になる。子供の世話とかはあんまりしたことないのかもね。

「あー、いい湯だ」

「適温だねー」

おじさんと一緒に湯船に浸《つ》かる。さすがにこの人の膝に座る気にはなれず、対面で入っている。

「そういえばさ、適性ってなんなの？」

「んあ？」

「だって、魔術師って適性があれば自在に魔法が使えるってわけじゃないんでしょ？」

魔法に詳しい専門家がいるのだ。聞いてみよう。

「魔術師ってのは、基礎の魔法使いだな。使えるのは単属性の魔法と、同時発動だ」

「うん。その二つはできる」

できないのは魔法使いになってから覚える複合魔法だ。単属性と同時発動ができればできるような気はするんだけど、うまくいかない。

ちなみに賢者になると三属性以上の属性を組み合わせることができるようになる。

「僕って水と火と土の適性があるでしょ？　個別に同時に発動できるけど」

「合わせて使えるようになるには魔法使いにならないとだな。そこまで使えるんならもう魔法使いを修得できるかもしれねえなぁ」

おじさんの視線が怪しく光る。

うんセクシー、ってそうじゃない。

「訓練、頑張ってるし」

「まあそういうことにしとくか。適性の話だったな」

「うん」

おじさんがタオルを取って頭にのっけた。髪がお湯に浸からないようにとかそういう気遣いはこの人にはないらしい。

「適性が高いとその属性の魔法の消費魔力が減るのと、新しい魔法の習得が早い、それと発現も速いし操作もうまくなる。それが利点だな。適性がなくても習熟さえしてれば」

そうやっておじさんは石けんから草を生やした。

「おお、植物魔法」

植物系の魔法は魔術師では本来覚えない。ゲームでは魔法使いになってから使えるようになっていた。

僕が使えるのは適性があったからだと思ってたけど。

「だけどそんだけだ。適性があれば覚えるのは早いが、それを自在に使えるのとは違う。こいつは経験が必要だな」

「経験……」

「適性があってもあんま使わなきゃ意味がない。適性が高くて能力を持った賢者でも、戦闘から遠ざかれば魔法の組み立ての部分でそこらの冒険者に劣ったりする雑魚もいる」

実際にそういう人がいるのだろう。おじさんの口調は厳しいものだ。

「魔法を修得すればそれだけ選択肢が増えるってことだ。だけど何をすればいいかわからなくなる可能性もある」

「確かに」

「適性が高けりゃ確かに有利だが、それ以外を伸ばさない理由にはならねえ。火事の現場に必要なのは水の魔法だ。火の適性があっても水の魔法が使えなきゃクソの役にも立ちゃしねえ。覚えとけ」

「うん。でも結局適性って何なの？」

「あったらラッキー、なくてもまあやっていける。その程度の認識だな。ないよかあったほうがいい」

「あはははは」

これはおじさんが適性を多く持っているから出る言葉なのだろうか。それともわからないから適当に言っている言葉なのだろうか。

訳がわからないが、とりあえず持っている分は活用できるようにしていればいいらしい。

……さすがに全属性適性持ちなことは黙っていよう。

「寝てる、よね？」

夜も更け、探知の魔法を広げても人の動きがほとんどない時刻。

とはいっても、いつもの屋敷と違って殿下やお付きの人も多く泊まっているから普段よりも反応が多い。

寝ている人がほとんど、に感じるけど中には動いている人もいる。

見回りか何かかな？

僕の探知の範囲は屋敷のギリギリ外までに絞ってある。

魔力をより込めれば範囲をもっと広げることもできるけど、そこまでは必要ないので探知で全員の状態を確認するイメージで魔法を使っている。

球体のレーダーを頭の中でイメージして、そこにいる人を色で判別するゲーム的な方式だ。高低差もばっちりである。

「すぐ隣に反応があるのも違和感があるな」

シンシアもマオリーも、僕のお世話だけが仕事ではない。他にも朝食の準備や掃除などをしているのだ。

夜は明日の朝食の準備をロドリゲスとしたりするし、朝起きてすぐに仕事に入る。

だから使用人棟で寝泊まりをしていた。

しかし千早《ちはや》と千草《ちぐさ》は本当に僕専属のスタッフだ。

もちろん先輩たちとも一緒に仕事をするけど、僕のお世話が最優先の仕事。

主《あるじ》がお父さんのシンシアたちと違って、僕が主なので僕のそばで寝泊まりするらしい。

「勝手に出かけたら気づかれたり……しないよね」

警戒しつつ、ベッドから離れてトイレに向かう。

トイレに行く程度でも起き出したら、それはさらに要警戒だ。

普段と違いすべての廊下に明かりの灯《とも》った廊下を進んで、一階のトイレに行く。

移動していると探知の魔法の練度が悪くなるので過信はできないけど、今のところ問題はなさそう。

「大丈夫そうだ」

問題があるとすれば、トイレの前で待っている人だ。

用を足して手を洗い、トイレから出るとそこにいたのはお兄ちゃんである。

「よ」

「お兄ちゃんもトイレ？」

「いや、人の気配を感じてな」

「お、おう……」

人外っぽい反応をしてる人がいたっ！

「そうなんだ。起こしちゃった？」

「いいよ。一応殿下の護衛も仕事のうちだからな。眠りが浅いんだよ」

小声で僕が言うと、お兄ちゃんも小声で答えてくれる。

「屋敷の中だから安心だってのはわかってるんだけど、ついなぁ」

「お仕事だもんね」

「でも誰かが起きるたびに目を覚ましてたら、明日疲れて動けなくなっちまうよ」

明日は殿下のお屋敷に移動する日だから特別な用事はないだろうけど。

「ああ、そうか。一緒に寝るか」

「僕と？」

「おう、久しぶりにどーだ？」

「いいけど、僕の部屋でいい？」

僕がお兄ちゃんの部屋で寝ると、明日の朝、千早と千草が騒ぎそうだ。

「おう、じゃあ行こう」

「リリーお義姉ちゃんと一緒に寝たら？」

「……マセたこと言うんじゃないよ」

苦々しい顔をするお兄ちゃん。

まあ自分の実家で、両親や僕がいる家でそういう雰囲気になっても気まずいか。

「そりゃ失礼しました」

「わかればよろしい」

僕はお兄ちゃんと手をつないで部屋に向かった。そして一緒に寝ることに。完全に抱き枕と化した。

……地味に寝にくいよ。


「おはようございます」

「「おはよう」」

翌朝、お兄ちゃんと一緒に起きて顔を洗い着替える。

そして一緒に朝食である。用意ができるまで別室で待っている。

「あらあら、仲がいいわね」

「母上、羨《うらや》ましいですか？」

「そうねぇ、今日は一緒に寝ましょうか」

この場にお父さんの姿はない。いるのはお母さんとリリーお義姉ちゃんだ。

「おはよう」

「おはようございます」

僕の後ろから殿下が入ってきた。

慌てて道を空けて挨拶をする。お母さんたちも席から立ち上がって挨拶を始めた。

「殿下、主人に代わりご挨拶を申し上げます」

「ああ。伯爵はどうした？」

「兵士たちの警備スケジュールの変更指示をしております。前もって決めておいたので、その最終確認も行っているそうです」

「苦労をかけるな」

「本人は楽しんでおりますので、ご安心ください」

お父さんは家ではあまり仕事の話をしないけど、確かにレドリックと楽しそうにやっているイメージではある。

特にダンジョンが見つかってからは顕著だ。

「ならいいのだが」

「領地を賜って十年、この領地を発展させられる足がかりがようやく手に入ったと喜んでおります」

「そうか……ジルが発見したんだったよな？」

言いながらお兄ちゃんが僕の頭に手を置いてくれる。

「ありがとな」

「うん？　うん」

少しだけ空気が弛緩《しかん》した。

「殿下、こちらを」

そんな空気を払拭《ふっしょく》。

「これは？」

「ダンジョン内の魔物の情報が細かく載っております。それとこちらがダンジョン内の地図です。一階から七階まではほぼ網羅しております。それ以降は魔物が多く手ごわくなっておりますので作成中です」

「ほお、これは助かる」

殿下がソファに座って地図を開く。

お兄ちゃんとお義姉ちゃんも左右からそれを覗《のぞ》き込む。

千早と千草も気にしているが、さすがに使用人という立場だ。視線はそちらに向かっているけど、大人しく壁際に立っている。

「千早、千草。二人も見ていいよ？」

「いえ」

「後ほどお借りしたいと思います」

「そう？　そういえばミスリルゴーレムがいるらしいけど、千早の刀で斬れるかな？」

僕の言葉に千早がピクリと反応する。

「刀があれば……斬れると思います」

「もしかして、刀持ってない？」

「ええ、よくご存じですね。侍《さむらい》の専用装備を」

あ、しまった。

「えへへ」

笑おう。

「かわいい……」

誤魔化せたようだ。

「そのうち用意してあげないといけないかな？」

「国内では刀は打たれておりませんので相当なお値段ですよ？」

「そっかぁ」

「刀ではなく片刃の剣を使っております。一部のスキルは使えませんが戦えますので問題ありません」

「そっか。怪我《けが》しないでね？」

「はい、ありがとうございます」

そうこう話をしているうちに、シンシアが食事の準備ができたと呼びに来た。

このあと殿下たちは、街から離れた場所で魔物を相手に連携の確認を行うらしい。

僕はもちろんお留守番である。

そして殿下たちとその護衛たちもいなくなる。お屋敷にいた殿下の関係者は殿下が休まれる屋敷側へと引っ込んでいったため、ウチにはウチの関係者だけになる。

そしてウチの関係者も殿下が動かれたのでほとんどがそちらにかかりっきりだ。

つまり残っているのはお母さんとマオリーとロドリゲスだけとなった。いきなり減ったなぁ。

とはいえ抜け出すチャンスである。昨日できなかった経験値の回収と、属性石や属性矢も回収し、早々にチュートリアルダンジョンから脱出。

人が少ないから何か読んでいない本でも読もうかな？　そう考えて地下の書庫へと向かった。マオリーに見つかったので付いてきている。

そんなことを考えて、地下の書庫を歩いていると違和感を覚えた。

これは……。

「ジル様、どうしたのですか？」

「いや、えーっと。この本棚だけ随分乱雑だなって思って」

本の大きさは規格が決まっているわけではないので、本棚にぴっちりとしまわれていることはない。

乱雑な場所はここだけではないんだけど。

「ああ、こちらには隠し扉があるんです」

「隠し扉！」

やっぱり！　シーフのＪＯＢが上がってたんだろう、『隠し通路発見』のパッシブスキルで発見したようだ。

しかし隠し扉か！　先に通路があるからそれで発見できたんだろうな。

探知の魔法にはひっかからない。何か仕掛けがあるのかもしれない。

「はい。隠し扉があって、鍵穴もわかっています。ですが鍵がなくて開けられないんです」

「シンシアでも無理なの？」

シンシアは多分アサシンまで上り詰めているシーフ職の最上級者だ。鍵開けなんかもお手のものだろうと思うけど。

「ええ、シンシアだけでなく代々の代官の方々やそのお知り合いでも無理だったそうですよ」

「いつぐらいから開いてないの？」

「百年は開いていないかと。かなり危険度の高い罠《わな》があるため、どなたも手を出すことができないのです」

「うわぁ」

自分の住んでいる家に罠があるなんて思ってもみなかった。

「万が一罠が作動すれば、お屋敷が崩れるらしいです。扉を開けようとした者は屋敷に押しつぶされてしまいますし、屋敷自体も陛下から代々の代官や領主が引き継いだものです。失うわけにはいかないですから誰も挑戦しないいんです」

「失敗したら死んじゃうんじゃ、確かに無理だね」

「ええ、ゴースト類のような魔物くらいしかこの先には行けないらしいです。この辺の本棚が整っていないのは、皆様この鍵穴の近くに鍵が隠されているのではないかと最初に探すからですね」

なるほど。確かに近くに隠してないかって探すかもしれないね。

「あちらに鍵穴があります。上からカバーがかかっていますよね？」

「ほんとだ」

マオリーが指さしたのは本棚の上の一角。

木の板が打ちつけられていて、鍵穴は見えない。

「ほへー」

「鍵穴に何かを差し込んだ程度では罠は発動しないようですが、いたずらをしないようにお願いしますね？　ジル様がお亡くなりになられたら嫌ですから」

「僕だけじゃなくてお屋敷のみんなもつぶれちゃうよね、それ」

そんな最期を迎えるのは嫌だ。

「ええ。ジル様のお力で外せるようなものではないですが、お伝えしておきますね？　旦那様方やミドラ様もご存じですし」

「知らされてなかったの、僕だけ？」

僕の疑問にマオリーがにっこりと笑顔を作った。

僕みたいな子供に教えるといたずらされるかもしれないと思って知らされてなかったのかな？

適当に本を選んで、部屋に戻ることにする。

マオリーが屋敷の用事をするために離れたら、また戻ってこよう。


「探知」

僕は探知魔法を発動し、地形の把握を行った。

普段使うのは人探知だ。人がどこにいるか、状態はどうか、そういうのを調べるのが人探知。

それに対していま使っているのは、建物やダンジョンの構造を調べる探知魔法だ。

地下の書庫で使ったことはなかったけど、使ってみるとすぐに頭の中に建物の構造が3Ｄマップみたいに浮かぶ。

細かい部分を調べようとすると、あまり範囲を広げられないのが欠点だな。

そして魔法に対して何かしら防御がされているのか、抵抗がある。

「壁の向こうに短い通路、さらに先に扉があって、部屋か」

その先の部屋はそこまで広くない。

十二畳分くらいの大きさだ。や、十分広いな。日本で暮らしていたときは、そこまで広い部屋のある家に住んだことがない。色々麻痺《まひ》してきてるかもしれないな。

「ゲート」

空間と空間をつなげるゲートの魔法は、基本的に行ったことのある場所でしか開けない。

でも視界の届く範囲や、自分が認識している場所に出入り口を作ることは可能なのだ。ゲートを生み出すと、そこに空気が流れ込んでいくのを感じる。

「やっぱり長いあいだ人が入ってなかったらか、埃《ほこり》っぽいかなぁ」

隠し扉、隠し通路、そして隠し部屋。

心躍るワードが三つも揃《そろ》っている。これはテンションが上がるね！

「空気を循環させないと」

念のため空気を入れ替えるように風を送る。なんというか古臭い匂いが鼻につく。

「ライト」

どうやらチュートリアルダンジョンの一部とは違うようだ。まあゲートがつなげられるから当然か。中に灯《あか》りの魔法を放り投げて、ゲートをくぐる。

空気の循環を続けるため、ゲートは小さくして残すのも忘れない。

「うわぁ」

中は窓のない簡素な長方形の部屋だ。

大きなテーブルが真ん中にどかんと鎮座しており、壁には本棚が並んでいる。

「錬金道具だ」

錬金台、錬成板などや名前を知らない試験管のような道具がいくつもテーブルに並んでいる。

部屋の隅には大きな錬金窯もある。僕どころか、大人一人が軽く中に入れそうな大きさだ。

「昔の領主のお抱え錬金術師の部屋か何かかな？」

恐らくそうだろうな。

他にも薬棚がある。ただし中身のほとんどは風化している。

「こっちはどうだろう……」

本棚の近くに置いてあった大きめの収納箱。

鍵もかかっていないので簡単に開けられた。

「おお……なんだこれ」

なんかごちゃごちゃ入っている。

素材だろうか？　一つ手に持ってみるが風化していない。

「収納系の魔道具なのかもしれない」

箱の中は底が見えない。中身はぎっしりだ。貴重なものも入っているんだろうか？

錬金術の知識がないからわからないけど、宝石的なものや属性結晶に見た目の似ているものもいくつか見える。

「わかんないや」

ピカピカと綺麗《きれい》だから値打ちものだろうと勝手に決めつける。

とりあえずこのままにしておこう。

「本棚はどうだろ」

この世界の紙はライドブッカーのドロップ品、魔導書の紙片が基本だ。魔物のドロップ品で、本として作成した後に状態保存の魔法をかけておけばいつまでも読むことが可能だ。

「錬金術関連の本ばっかり」

いくつかの本を取り出してみたけど、錬金術の本ばかりだった。

薬作成の書やカード作成の書、植物大全や魔物素材大全。錬金術師の日記や日誌、それに研究資料なんかが大量に収まっていた。

「マジか」

そんな中で目についた、見つけてしまった本。

「魔導書作成の手引き書……」

職業の書の錬成方法が書かれた本だ。これがあれば、すべての職業の書が作れるかもしれない。

「え、ちょっと待って？　じゃあこっちの本棚は」

慌てて横の本棚に目を向ける。

そこにはいくつか空《から》の棚があるものの、半分以上が本で占められていた。

職業の書で。

「なるほど。チュートリアルダンジョンの職業の書はここで作られていたのか」

今はともかく、昔は兵士なんかにも職業の書が当たり前のように使われていた。

これは昔話的な話にも出てくるし、ゲームでも職業を持った人間が当たり前に存在していた。

ゲーム内での冒険者に至っては、ほとんどが職業持ちだったからだ。

またここには、ゲームでは見たことのない職業の書がいくつもあった。

鍛冶《かじ》師《し》や料理人、占い師などの生活補助系の職業。それに武闘家や槍術《そうじゅつ》師、鞭《むち》技師といった職業の書もあった。

ゲームでも鍛冶師なんかは登場していたけど、職業の書があったとは。ＮＰＣ《ノンプレイヤーキャラクター》専用の職業とかそういう扱いだったのだろうか？

「……道具もあったな」

ちらりと先ほどのテーブルに視線を向けると、そこに置いてあるのは錬金道具の数々。

埃をかぶっていて、使えるかわからないが、もし使えたら僕も色々作れるようになるだろう。

「早くシーフをクリアしないとだ」

魔術師を限界まで育てたので、今はシーフだ。シーフのＪＯＢレベルが上がれば『盗賊の指先』の効果も上がり器用度も上昇する。

この器用度が高くないと錬金術の使用の際に成功率が下がるのである。

「錬金術師の書は、と」

あった。いっぱい。

僕は錬金術師の書を一冊抜き取って、他にも錬金術の基礎とか錬金道具の作成方法の本を自分の収納の中にしまった。

「……色々見たいけど、今日は戻ろうかな」

屋敷にはお母さんとマオリー、それにロドリゲスがいる。

あまり長時間、姿を消しているわけにはいかない。

ゲートを開いて、自分の部屋につなげる。

そしてそそくさと、自分の部屋に逃げ込むのであった。

早速本を開く。錬金術に関する本だ。錬金の基礎知識の前段階の本、錬金を行うにあたって、いかに知識が大事か、ＪＯＢを伸ばすのが大事か、ＪＯＢを伸ばすにはどうすればいいかなどが最初に書いてある。

そしてその本を読んでいると、基本は反復訓練しかないとしか書いていないことに気づく。もちろん効率的な訓練とか、訓練の内容を考えるべきだとかそういったことが中心なのだけど。

「ゲームだとベースレベルとＪＯＢレベルが上がれば勝手にどんどんスキルが増えてったのにな」

魔法はＪＯＢレベルが上がればどんどん覚えるものだった。つまりダンジョンなんかで魔物を倒していったり宿屋で訓練を繰り返していけば使えるようになる。

でも今のところ、ＪＯＢが上がって新しい魔法を覚えるといった感覚は生まれない。というかもともとゲームに出てきていた魔法は普通に使えるのである。

スキルを覚えた感覚はあるんだけどなぁ。

「改めて考えると、勉強や訓練で覚えるっていうことのほうが現実的ではある、かも？」

何もせずに何でもできるようになりはしない。

一を学べば十を理解できるような天才でも、一を学ばなければならない。

天才でもなんでもない僕は、一を学んで一を理解する、を何度も繰り返さなければならない。

「読めない単語が多すぎる」

そりゃあそうだろう。読むだけで物のイメージができるものもあるが、それ以外はからっきしだ。

なんといってもまだ僕はお子様なのである。この子供ボディの頭は、勉強もせずに専門書を読めるような便利な造りはしていないのだ。

「く、自動翻訳機能ついてろよ」

むろんそんなスキル的なものは存在しないので、僕は辞書を片手に本を読み進めていかないといけない。

だがその辞書も手書きなのだ、辞書に載っていない単語が当たり前のように出てくる。

コンコン。

「はい」

「千早です。戻りました」

「おかえり、入っていいよ」

「「失礼します」」

千早と千草がダンジョンから帰ってきた。二人ともメイド服に着替えている。

「お疲れさま。お兄ちゃんどうだった？」

「伸びしろを感じる、良い騎士であると思うわ」

「なるほど」

つまり千早の方が上ってことか。

「千草はどう？　高司祭やっていけそう？」

「まだ高司祭としてのスキルは得ていませんのでなんとも」

「そりゃそうか」

二人は僕の問いかけに返事をしながら、こちらに寄ってくる。

「若様はなにを？」

「本読んでた」

というか調べてた。

「錬金術の基礎知識ですか。若様は錬金術師を目指されているのですか？」

「目指しているというか、お兄ちゃんが騎士だから僕はサポートできるようになりたいんだけど」

実際にはゲームストーリーが始まったときのための準備だ。

ストーリーの序盤で、回復魔法が使える仲間がいるとは限らない。薬草丸かじりの旅がスタートする可能性があるのだ。

いざストーリーが始まったときに、僕は魔法による攻撃職を想定している。だから回復手段を別で用意しておいた方が色々と都合がいいのである。

回復職のＪＯＢである司祭もそのうち取るつもりだけど、なんでもかんでも魔力で解決していたら、魔力が切れたときに役立たずになってしまうからね。

「……読めるの？」

「調べながら、ちょこちょこ、かな。辞書にも載ってなくてわからない単語が多いんだよね」

横から覗き込んだ千早が顔をしかめている。

「どれでしょうか？」

「これ」

「オーキッシュファングですか」

「おーきっしゅ、オーク的な単語だったのか」

「中位オークから獲《と》れる素材の一つですね。フラスコの固定具の材料に使うと書いてあります」

「フラスコの？　ああ、火にかけたりするときに当たっても焦げたり歪《ゆが》んだりしないように硬くて熱に強い素材を使うってことか」

「手に入りやすい素材でもありますからね」

なるほど。手に入れやすいのもポイントだね。

「これが、こっちで……これがこうだから」

「えっと、お読みしましょうか？」

「……お願いします」

帰ってきて早々だけど、仕事モードっぽいからお願いしちゃおう。

「……何か飲み物をもらってくるわ」

「お願い」

「よろしく姉さん」

千草が僕の横にイスを寄せて一緒に本を眺める形に。

千早はなんだか信じられないといった表情で部屋を出ていった。勉強嫌いなのかな？

「ジル、いるかい？」

「あ、お父さん」

千草に字を読んでもらいつつ本を読み進めていると、お父さんが来た。

殿下を連れて。

「殿下、いらっしゃいませ」

「ああ、そのままでいい。勉強中だったか？　すまないな」

立ち上がって出迎えようとするが、手で制される。

「千草、休憩にしよ」

「かしこまりました」

千草に伝えると、手早く本を片付けてテーブルを整えた。

「ぎゃんっ」

立ち上がるときに転ぶのも忘れない。

「だいじょうぶ？」

「し、失礼しました」

赤くなった鼻を押さえながら、お父さんと殿下に席を勧めた。

「役に立って、いると考えていいのか？」

「うん。助かってるよ」

千早が戻ってきて、入れ替わりでお茶を用意してくれる。

「どうしました？　息抜きかなにかで？」

「あははは、そうであればよかったのだが……すまん、ジルベール。父がやらかした」

挨拶もなく殿下が頭を下げてきた。父ってことは陛下？

「やらか？　なに？」

「私とお前宛に早馬が来た」

「叔父上からもな……まったく」

殿下がため息をつきながらお手紙を出してくれる。

僕はその手紙を受け取ると、千早がペーパーカッターを用意して手早く開封してくれた。

僕はそれに素早く目を通す。

「……内容に関しては、わかりましたけど」

「ああ、すまないな……」

陛下からの手紙は、簡単に言うとカードをもっと作ってくれとの注文だった。

「カードの法案を作成するにあたって、派閥内の貴族たちに働きかけているらしいのだが、叔父上の自慢話とセットで話が広がっていってな……」

「派閥内の子や孫がいる者たちが、法案を通すと同時に自分たちの手元にあるようにしろと騒ぎ出しているようだ……幸いすべての貴族に話が回っているわけではないが、それでも相当数が必要になるそうだ」

「それでこの注文数なんだ……」

できるだけ秘匿する的な契約じゃなかったっけ？　絶対に秘密にできてない注文量だよね。

「信用できる派閥の者たちだけでこれなんだ。まあ一人につき一つというわけでもないがな」

ただでさえ一二〇セットも……カードの枚数に換算すると、六四八〇枚作らないといけないのに、さらにだ。

「できるだけ作ります、としかお返事はできないですよ」

「そうか、そうだな……」

「子供のジルの魔力量ではそこまでの数を作るのは相当に時間を必要とします」

「あと材料も。領内のダンジョンで産出するとはいえ、常にライドブッカーが紙片をドロップするわけじゃないんだよね？　冒険者の人たちが一日で持ってこられる魔導書の紙片はどのくらい？」

これはお父さんに対する質問だ。

「他の階層調査や食料となる素材の回収やら、そういったものをすべて無視すれば一日で五〇はいけるだろう。ただ相手は魔物だからあまり無理をさせるのはな」

「我々もダンジョンに行けば、もう少し数は増やせるのではないか？」

殿下も参戦するつもりのようだ。その言葉に千早が少し嬉《うれ》しそうな表情をする。

「ダンジョンだから魔物がいなくなるってことがないのがいいね」

「ではあるが、ジルベールは大丈夫か？　魔力を使い続ける必要があるのだが」

「どれだけ使えば魔力がなくなるかはなんとも。いつもは一日に一セット作って終わりですから」

一度に一〇枚くらいをまとめてカードにして、それを五回程度続ければ終わるんだ。魔力の負担はほとんどないと言ってもいい。

「どっちかといえばハンコを押すシンシアが大変なんじゃ？」

家の仕事もあるし地図作りもしているし。

「そちらは他にもできる人間がいるから心配はしなくていい」

「それと、早馬と一緒にこちらが届いたのだが」

ドスンッとテーブルに置かれたのは大量の紙の入った箱。

よく見るとその箱がたくさん部屋に運び込まれている。

「えーっと」

「わざわざ魔法の袋まで使ったらしい」

「あれって、もしかして全部？」

「そのようだ」

「うわぁ」

うん、紙ってかさばるよね。収納ができる不思議アイテムがあるのはすごいけど。

「これで足りるかどうかは不明だが、とりあえず用意できるだけ用意したらしい」

「陛下も本気だなぁ」

箱を持った従者が列を作ってるよ。

「え？　え？　いくつあるの？」

「さあな」

「城の業務に支障が出ない範囲で余っている紙を全部よこしたとか……ジルベールカードにできるなら全部使ってしまえとか、そんな話になったらしい」

雑だなぁ。

「仕入れとかの帳簿がいきなり合わなくなるんじゃないの？」

「そこまで考えてなかったな」

「多分、父上も考えてないだろうな」

滅茶苦茶やん。

「それとレムラ婆《ばあ》のところに行きたいんだったな？」

「え？　うん。千草が植物系統の魔法の素質があるから、指導をしてもらえないかなって」

「千早や千草はしばらく殿下に付けるからな。今日なら私が連れていける。今から行くか？」

「え？　いいの？　行く！」

お父さんは領主様だからね。シンシアの知り合いというのであれば、お父さんも顔が利くのだろう。

「僕が顔を出してもしょうがないな。行ってくるといい」

殿下がお出かけとなると、どうしても大所帯になるもんね。遠慮万歳。


久しぶりのお出かけに感動しつつも、移動は馬車である。

街の中ほどに住んでいるからそれなりに距離があるらしい。僕の子供ボディでは歩いていくのは困難とのこと。

メンバーは僕とお父さん、千早と千草。

千早では道がわからないので、お父さんが御者台に座って馬車を操っている。

「到着だ」

「はぁい」

お父さんが馬車を停《と》めて、扉を開けて顔を出してくれた。

お父さんに手を引かれて、僕は馬車から降りる。さらに千早と千草にも手を貸しているお父さんは紳士だ。

「あ、ありがとうございます」

「あたしは大丈夫ですが……」

「千草に手を貸して千早にだけ手を貸さないわけにはいかないだろう？」

従者の手を取りながら笑うお父さん。

「ここがレムラさんのおうち？」

「ああ」

あまり特徴のない一般的な平屋だ。

「千早は馬車を頼む」

「はっ」

お父さんの指示に千早が返事をする。

「さて。レムラ婆、いるかな？」

特に確認もせずに来たらしい。お父さんが代表してドアをノック。

「はいはーい」

「やあ、シノーラ。レムラ婆はいるかい？」

「領主様！」

出てきたのは若いエルフの女性。

「ばあさまは裏のお店にいますよ」

「今日は店に出てるのか。体調がいいようでなによりだ」

「こちらにどうぞ。この時間帯ならお客さんもいないでしょうから」

そう言ってエルフのシノーラさんが案内してくれる。

「ばあさま、領主様がいらっしゃいましたよ」

「はいはい、中に案内しなさいな」

家の裏手にはこれ見よがしのテント！　占いの館《やかた》みたいだ！

「ようこそ、領主様。おや？」

「久しぶり、レムラ婆。息子を紹介させてくれ」

お父さんが僕の肩を軽く押したので、前に出る。

「ジルベール＝オルトです」

「こんなババのところにようこそいらっしゃいました、占い師のレムラにございます。ささ、席にお着きくださいジルベール様。占ってさしあげましょう」

「え？　あ、うん」

「いや、今日の用件は占いではなくてだな」

いそいそとカードの準備を始めるお婆さん。

「占いではなく？　ではどのようなご用件で」

「うちに入った新しい従者が植物の系統魔法を修められるらしくてな。何か助言をもらえればと足を運んだのだ」

「千草＝シャーマリシアと申します。おばあ様、どうかご教授をお願いいたします」

「ほお、同族以外で見たのは初めてですねぇ。最近では同族にも特別な才を持つ者が随分減りましたけれども」

レムラお婆さんが残念そうに呟《つぶや》く。

「植物の魔法の才能でしたら、種《たね》の選別から始めるのがいいでしょう。その上で育てるのです」

「種の、選別ですか？」

「ええ、同じ植物の種でも元気な種と元気のない種があります。元気な種は普通に蒔《ま》けば芽が出て葉が広がり花が咲きましょうが、元気のない種は芽も出ません」

「そ、そうですね」

「種から植物を育てるのが植物の魔法の素質を上げる近道でございますが、元気のない種を育てるのがより難易度が高いです。種から魔法で植物を育てるのはすでにされているでしょう？」

「はい」

「同じ鍛錬を続けても伸びはしないとは申しませんが、より難易度の高い鍛錬を行えばより上を目指せるでしょう」

「なるほど、ありがとうございます」

おー、でも元気な種と元気のない種の選別とかできるのかな？　僕にもできるんだろうか？

「さて、それではジルベール様。せっかくいらしたのですから、占ってさしあげましょう」

「レムラ婆の占いはよく当たると評判だ。やってもらうといい」

「え？　うん」

占い。どうにも前世の感覚だと信用できない僕だけど、ここは魔法のある世界だ。面白い結果になるかもしれない。

「ババはカードの占いを得意としておりますでな、説明をしながら占いましょうぞ」

「お願いします」

いかにもなテーブルクロスに覆われたテーブルに、レムラお婆さんはカードを置く。

「ではカードを三つの山にしてくだされ」

「はい」

言われた通り、カードを適当に三つに分ける。

「よろしいですじゃ。では最初の山を……これは」

お婆さんは真ん中のカードの山の一番上のカードを開く。

そこには山よりも大きい木。世界樹かな？　が描かれていた。

「このカードが出る方は久しぶりですな」

「そうなんですか？」

「ええ、今は世界樹に近づこうという人もおりませんから」

そう言って今度は右の山のカードを開く。

「姫、のカード……」

「お姫様のカードだね」

お婆さんが表情を引き締めて、三つ目の山のカードを開く。

「英雄……」

「ユージン？」

「まあ、そうですな」

そこにはユージンのイラスト。

「で、ではこの世界樹のカードの山の一番下のカードを……」

お婆さんがそこを開くと、そこには小麦のカード。

続いて姫の山の下のカードを開くと、そこには魔物。そしてユージンのカードの山の一番下のカードは丸いガラス瓶のカード、これはポーションかな？

「おお、おお……これは、この結果は」

「はい、はい？」

「世界樹、姫、英雄。世界樹と姫君を救う英雄の素質がジルベール様にはございます。と、占いに出ました」

「はあ……はあ？」

「そして、小麦。これは世界樹の繁栄を約束するという意味でしょう。姫様と魔物、これは二つ考えられます。姫様を魔物から救うか、姫様と共に魔物を倒すか」

「姫様って……誰？」

「我が国には姫様は……まあそこそこいるな」

こんど嫁がれる姫様もいれば第二王女もいるらしい。公爵家の姫様もいるね。

「そして英雄のカードの山の下から顔を出すのは薬のカード……どうかこのババめの話を聞いてくださいませ、我らエルフの悲願の話を……」

「えっと、結果は？」

「……どうか、エルフをお救いください。エルフの救世主となられるお方、ジルベール様」

「え？」

思わずお父さんの顔を見上げてみたが、お父さんは僕の頭を撫《な》でるだけだった。

聞けってことかな？

「そもそもエルフは世界樹の恩恵を受けて生きておりました」

「世界樹って、ここから南西にある大きな木だよね？」

「ええ、以前の光り輝いていた世界樹であればこの地からでも世界樹を見ることができたのですよ？　今は暗いオーラを発していて見ることもできませぬが」

そう言ってテントの壁に視線を向けるレムラお婆さん。

「光り輝く世界樹から放たれた魔力は大陸中に届き、その魔力は大地を潤し森の木々や農地に恵みをもたらしました。我々エルフもその恩恵にあずかっていたのです」

「エルフも？」

ゲームではそんな話は出なかったな。

「世界樹から放たれた魔力を我らエルフは肉体に取り込むのです。そのおかげで我らエルフの寿命は人々の七倍以上になり、様々な職業の適性を持ち、属性への素養も持ちました」

「世界樹ってすごいんだね……」

「そうなのです。ですが闇の王子の手により邪悪に堕《お》ちた世界樹は、イービル＝ユグドラシルとなり、地脈より吸収した魔力を拡散させず、己の成長にのみ魔力を使うようになりました」

「うん」

それは知っている。

「我々エルフの王族は、禁術とされる世界樹の成長を抑える儀式を行い、この大地が世界樹に覆われるのを防いでおります……ですが、もはやその儀式を行える者はおりません。最後の一人である姫君が儀式を行ってしまいましたから」

マーニャのことだね。ゲーム時代ではまだ儀式を行う前だったから普通に会えたけど。

「一人ではその儀式は行えず、姫君は若く才能溢《あふ》れる多くのエルフたちと共に、その身を石へと変えました。禁術ゆえ、代償が必要なのです」

「そうなんですね」

ゲーム知識で知ってはいます。

「ですが、世界樹の成長は未《いま》だに止まりません。王族の皆様や、多くのエルフを犠牲にしても、世界樹の成長を完全に阻害することは叶《かな》わないのです。それほど世界樹という存在は巨大なのですから」

「本来はここからでも見えるくらいの大きさなんだよね？」

「ええ、そうでございます」

レムラお婆さんが視線をテーブルに落とした。

「世界樹の魔力の恩恵を受けられなくなったエルフは、寿命も短くなり、出生率も落ちました。いまのままでは、エルフは死滅してしまうでしょう。仮に命をつないでも、この大陸は世界樹に飲まれて滅んでしまいます」

「そんなに世界樹って大きくなるの？」

「そうだな、数百年前になるだろうか。我が国も世界樹をなんとかしようと何度か兵を送り出したことがある」

「そうなんだ？　でも……」

「ああ。世界樹というか、世界樹の生み出すウッドマンが非常に厄介でな」

「ウッドマン、魔物だね」

イービル＝ユグドラシルが生み出すのはエレメンタルウッドマン。物理攻撃に対し、強い耐性を持っていて、しかも個体によって属性の異なる人型の植物モンスターだ。

こいつの厄介なところは数が無限に湧き出るところ、という設定だった。

イービル＝ユグドラシルが攻撃を受けたと判断すると生み出されるのがエレメンタルウッドマン。ゲームでいうところのレベル40前後の魔物だ。

イービル＝ユグドラシルは魔王軍四天王の一人を倒した後で攻略するイベントだから、そこそこ手ごわいのである。

物理攻撃に耐性があるので魔法で攻撃をしないといけない。でもこれにも制限があるのだ。コマンドバトルでの処理になるけど、個別の攻撃魔法は大丈夫なのに、範囲魔法と呼ばれるターゲットを複数に設定できる魔法を撃つと、エレメンタルウッドマンは増えるのだ。

これは範囲魔法を撃つと、近くの木々を巻き込んだという判定になり、木々が攻撃を受けたとイービル＝ユグドラシルが判断することでエレメンタルウッドマンを生み出すからである。

弱点も個体によって違い、物理攻撃は基本的に効かない。しかもストーリーの後半の魔物だからとても強い。

ゲームでもそれなりに苦戦した相手だ。物理でなんとかする場合はクリティカル値を引き上げる装備をつけて防御無視の会心の一撃で倒すか、即死効果のある武器で即死を狙うくらいしか方法がない。

あとは魔法で弱体化させてから物理で倒すか、個々で違う弱点属性をハンターや探知魔法で調べてから属性魔法で倒す方法も。

パーティ全員を魔法使いや賢者にすればレベル上げに使えそうな相手だけど、MP効率が悪くあまり連戦できないのでさっくりクリアするのがポイントである。

「ウッドマンは魔法も使う。連中の魔法を回避しても、魔法が近くの木々に当たったりしてさらにウッドマンが増えて……と、倍々に増えていくのだ」

「うわぁ」

ゲームでは違ったけど、エレメンタルウッドマンの攻撃でもエレメンタルウッドマンが増えるらしい。ずるい。

「増えたエレメンタルウッドマンは倒さなければいつまでも世界樹の支配圏に居座り続ける。世界樹の根元どころか、影響下の森にさえ簡単に入るわけにはいかなくなった」

「増やしすぎちゃったんだね」

「そういうことだ」

それは厄介だ。

「ですが、このままではエルフたちは静かに息絶えるしか道はありませぬ。それにいずれこの大陸も。どうかジルベール様、我らエルフに救いの手をお差し伸べください」

「そう言われても」

レムラお婆さんがテーブル越しに僕の手を握ってくる。

「どのような形なのか、時期はいつ頃なのかもわかりませぬ。ですがもしその時が来たら、どうかこのババの言葉を思い出してくださいませ」

そう言って涙を流すレムラお婆さん。

「もし叶うのであれば、また緑色に美しく輝く世界樹をこの目で見たいものです。よろしくお願いいたします」

この世界をゲームの知識として見ていた僕だが、お婆さんの涙を見た瞬間、ここは現実なんだなと思い知らされてしまった。

「レムラ婆のことだが」

「うん」

帰りは道がわかると言った千早は御者台に座り馬車を操っている。

代わりに客車の中に入ったお父さんが、少しだけ沈んだ気持ちの僕の頭を撫でながら言った。

「娘と息子がいたんだが、彼女よりも老化が早くてな。世界樹の恩恵を受けていた世代の彼女より、世界樹の恩恵を受けていない彼女の子の方が寿命が短く老いが早かった」

「そう、なんだ」

「ああ。迎えに出てくれたシノーラ。彼女はレムラ婆の曾孫《ひまご》だ」

「曾孫ってことは、えっと。レムラお婆さんのお孫さんも？」

「そうだな。もう見た目でいえばレムラ婆と同じくらい老いていて、よその街に住んでいる。会うことは叶わないだろう……レムラ婆はもともとエルフは寿命にバラツキがあるから珍しいことではないと言っているがな」

「寂しいね」

「そうだな。しかし、お年寄りに長距離の移動は大変なことだからな」

エルフたちの寿命は短くなっているという。

人間からすればそれでもかなり長い寿命なのだろうが、同じエルフたちからしたらとても不幸な話だ。

自分の子や孫が、自分よりも早く老いて亡くなっていくのだから。

「街の周りは安全だ。魔物も凶暴なものは少ないし、この国には盗賊と呼ばれる連中はほとんどいない」

「ふうん」

盗賊ってあんまりいないんだ？　ファンタジーな世界だからもりもりいるのかと思った。

「だが馬車などを使った長距離の移動を耐えるのは大変だからな。お年寄りは道中で体調を崩しやすい」

「そうだね」

もう家族に会えない、そう考えるだけで胸が張り裂けそうになる。

他人のことではあるが、少し考えただけで悲しくなって泣きそうになってしまう。

「例えば、今すぐにお前が世界樹をどうにかしても、すでに失われた寿命が戻るようなことは、恐らくないだろう」

「……うん」

世界樹もそこまで万能ではないだろう。

「だから、考えなくていい。お前はエルフたちに何かしら利益をもたらすと占いに出たらしいが、かといって今のお前に何かできるわけではない。わかるな？」

「……はい」

僕が手を伸ばすと、お父さんが抱えてくれる。

「私は嬉しいぞ。お前の未来は明るいと言われたようなものだからな。何を成すのか、それはわからないが、きっと良いことだ」

お父さんの胸板に僕は顔を埋《うず》める。

「だが、まだお前は子供なんだ。気負わず、できることをすればいい。いっぱい学んで、いっぱい修行をし、立派な大人になりなさい」

「うん」

お父さんはずっと僕の頭を撫でてくれる。

「そして、もしエルフたちに何かを成すことができたら、レムラ婆に報告してあげるといい。きっとどんなことであっても、喜んでくれるだろう」

「わかった」

僕ができること、『ユージンの奇跡』の知識がある僕にしかできないこと。

それを考えると、僕はすぐにでも行動に移すべきなんじゃないかと思ってしまうのだった。

オレの甥は変わっている

「兄上、お話というのは？」

「よくわかったな」

アーカムの屋敷に着いた夜、談話室でワインを片手に二人で飲もうと誘っただけなのだが、どうやらこいつは話があることに気づいたらしい。

「兄上がただ酒を飲もうだなんて誘ってこないでしょう？　何年兄弟してると思っているんですか」

「はは、お見通しだな。その通りだ」

そういえばこいつが大人になってから、酒でも飲もうとかそういった誘いをオレからしたことがなかった気がする。

まあこいつが酒を飲めるようになる頃には、オレは屋敷を出て独り立ちしていたのもあるが。

「ジルベールのことだ」

「ジルの話、ですか」

「ああ」

あの可愛《かわい》らしい甥《おい》の話だ。

「陛下と閣下がカードに関する法案を新たに発布する。その関係でオルト家やジルベールに興味を示している貴族がいる」

「具体的な相手はわかりますか？」

「コラルド侯爵家の系譜のところだな。詳しくはまだわかっていないが、陛下のもとにはそちらの家の人間もいる。恐らくそこから話が漏れているのだろう」

「左様でしたか」

コラルド侯爵家、簡単に言うと大貴族だ。うちなんかと比べようもないほど、大きな家。

「魔法師団の同僚にもそこの家とつながりのある人間がいる。そいつがオレに探りを入れてきた。魔法以外興味がないとバッサリ切っておいたがな」

「それはそれは……まあ実際興味はなさそうですけど」

「興味はないな。だが家族のことは興味とかそういうレベルの話ではないだろう？」

「兄上……」

意外そうな顔をされるのは心外だ。これでもオレはお前の兄だぞ？

「どこまで話が広がっているかわからん。だがジルベールは他の家から見たら『金の生《な》る木』だ。だから陛下は千早《ちはや》と千草《ちぐさ》を付けた」

「……二人だけで大丈夫でしょうか」

「あまり大人数を付けるとより目立つからな。今のところジルベール自身の名前は知られていないから差し迫った危険はないだろうが。お前に対する人質にする可能性は十分考えられる」

「それは、そうかもしれません」

「ミドラは殿下に付いているから他の貴族も簡単に手出しはできまい。私がお前に手を出すなら、ジルベールをどうにかする手を打つ」

「…………」

「ジルベールカードが世に広まり、それの作成をしているのがジルベールだと世間に広まったら……貴族的な手だと、婚約者をあてがわれる可能性が高いな」

「ですね」

「それか強硬手段に出てくる。言わずともわかるな？」

「……ええ」

ジルベールはまだ子供。それも可愛らしさと美しさの調和のとれた子供だ。貴族院ではさぞ目立つであろう。オレも大変だった。

「今のうちに味方派閥の家と婚約を済ませた方がいいかもしれん」

「ミレニアと相談しないといけないな」

「夫婦でしっかり話し合うといい」

オレにはもうできない、大切なことだ。

「それと、ジルベールにはもっと実力をつけさせた方がよい。自分の身を守れる力を与えるべきだ」

「まだ早いと思われますが」

「素質は十分だ。オレを凌《しの》ぐ可能性すらある」

「そこまで、ですか」

「水を自在に踊らせ、炎の札で大地を焼き尽くし、地の素養まである。しかもその危険性を理解しているときた。だからこそ、早めに使い方を覚えさせた方がいい。婚約という手を使ってくるだけならば問題ないが、もっと強引な手段を取ってくる者だっている」

「ジルは私が守ります」

「無論オレも守る。だが我々とて常にジルベールと共にいられるわけではあるまい」

「それは、そうですが。それならば護衛を増やせば」

「護衛に常にくっつかれる生活を、子供が耐えられるか？　そう育てたか？」

「……」

ジルベールは千早と千草の存在にも困惑していた。

使用人が増えた程度に考えてくれればいいが。

「なるべく戦いの、できれば人型の魔物との戦闘を早めに経験させるべきだ。即座に戦場に立てるように」

「……早すぎます。まだ五歳なんですよ」

「そうだな、オレもできれば普通の子供として育てるべきだと思ってはいる」

「ジルベールカードを、世に出すべきではなかったでしょうか」

「どうかな。あいつは放っておいてもいずれ注目を浴びたであろう。そういう容姿をしている」

「そこは、まあそうですが」

親バカめ。

「スポア討伐をさせたとき、魔物に対しては恐怖を覚えていなかった。どちらかといえば自分の魔法の威力に恐怖を覚えていたようだった……体も震えていたな」

「聞いております」

オレが魔法を自在に使えるようになったのは、九歳でＪＯＢを手に入れてからだった。ただ舞い上がった記憶しかないが。

「せっかくＪＯＢも持ったのだ。なんにしても早いほうがよかろうて。オレがダンジョンに連れていって指導をする」

「わかりました、お願いします」

今ならオレだけでなく、殿下の近衛もいる。

ダンジョンもあるし戦いを経験させるにはもってこいの環境が整っている。利用しない手はないだろう。

改めて、決意

「錬金術師になろう」

家に帰って、夜。

大量の紙の入った箱を前に、僕は決意をした。

「神聖なるジョウロ、それと大量の成長促進剤が必要だ」

レムラお婆《ばあ》さんとの会話、そしてお父さんが僕に言ったこと。

まず世界樹が黒ずんだままの状態の今、エルフたちの寿命はかなり短くなっているらしい。

さらにエルフ自体の子供が少ないとのことだ。

もともと出生率の低いエルフだが、寿命が短くなるとなればさらに問題。

レムラお婆さんが悲しんでいたのも、辛《つら》い。

「とはいえ、いきなり錬金術師になっても成長促進剤はともかく神聖なるジョウロは作れない」

神聖なるジョウロは液体に聖なる属性を与える魔道具だ。

ぶっちゃけイービル＝ユグドラシルを元の世界樹に戻すためだけのアイテムだ。

「とにかくシーフのＪＯＢを早く上げて、『盗賊の指先』の成熟度を伸ばさないと」

弓士の『コンセントレーション』も欲しいけど、パッシブスキルの盗賊の指先は必須だ。それに難しい錬金術を行うにはそもそも魔力値が高くないと話にならない。

賢者とは言わないが、魔術師の上の魔法使いも取らないといけない。

「でもその前に、こいつをなんとかしないと」

僕の前に高く積み上げられた紙入りの箱。これのカード化が僕の今のお仕事だ。三箱以上積み上がってるところなどは手も届かない。一箱でも重くて持ち上がらないけど。

お父さんや殿下に頼まれた、大事な仕事だ。

「夜にやったらシンシアに怒られるからやりませんけど」

魔法を夜に一人で使ったら怒られるのは相変わらずだ。

それがバレるような真似はしない。

シンシアやお父さんに怒られたくないのだ。簡単に怒られる口実を用意してやったりはしない。

僕は油断しないのだ。

「でもこの量は大変だなぁ」

魔導書の紙片をカード化するには、植物系統の魔法の素質が必要だ。

属性結晶を用いて植物系統の素質を伸ばしている僕にしかできない。

ん？　植物系統？

「千草《ちぐさ》だ！」

そうだ千草だ！　彼女は植物系統の素質がある！

彼女に手伝ってもらえれば、単純に作業効率は二倍になる。それにイービル＝ユグドラシルの領域に入った後も、植物系統の魔法は大いに役に立つ。

彼女の植物の素質を伸ばして、僕の役に立ってもらおう！

早速僕は、千早《ちはや》と千草の部屋に足を運ぶ。

「千草、今いい？」

「え？　あ、はい。どうぞ」

ドアをノックして声をかけると、千草が迎えてくれた。千早も部屋にいた。二人ともパジャマ姿だ。

「夜にごめんね？」

「いえ、こちらにどうぞ」

「若様どしたの？」

千草の案内のままイスに座ると、千早もこちらに近づいてきた。

「んとね、この紙のカード化なんだけど。千草にも手伝ってもらいたいんだ」

「魔法を使うのですよね？」

「ミレニア様もできなかったって話よね？　千草にできるのかしら」

お母さんにできないとなると、千草には難しいというのが千早の判断らしい。

「この魔導書の紙片なんだけど、紙って植物からできてるんだよね。だから植物の素質のある千草ならできるかもしれない」

「まあ！」

「魔導書の紙片って、植物からできてるの？　ライドブッカーのドロップ品だけど」

千早が首を傾《かし》げている。この世界では紙は基本的にこれだ。この紙はあくまでも魔物のドロップ品だけど、もともと紙は植物から作られるということが知られていないのだろう。

「これが植物から？」

「木の繊維を細かくして作るんだ。まあその辺は気にしないで、とにかくこれは植物からできてるから、特に植物系統の魔法が効きやすいんだよ」

「はあ」

僕は目の前で魔導書の紙片をカード状に変化させる。

「僕と同じく植物系統の魔法の素質がある千草ならできるんじゃないかなって」

「若様と、ですか。え？　若様は植物系統の素質も？」

「若様、火と水と土と……え？　何気にすごくない？」

「秘密だよ？」

そう言って僕は口元に人差し指を添える。

「それで、千草にもできるかもしれないと？」

「そそ、手伝って。あ、千早は寝てていいよ」

「いえ、あたしも」

「千草にはコツを伝えるけど、千早は聞かない方がいいでしょ。カードを作る秘密だから」

「そういうことでしたら」

千早は納得してくれる。

「じゃあ千草、僕の部屋に行こ」

「わかりました」

僕は千草を連れて部屋に戻る。

カード化ができなかったら、ちょっとだけ手助けをしてあげよう。

千草に、早速カード化のレクチャーをする。

彼女の目の前に完成したカードを見本として置いておくのも忘れない。

「いま魔術師になりますね」

千草は魔術師の職業の書を開き、ＪＯＢを高司祭から魔術師に変更した。

「お待たせしました」

「大丈夫。植物系統の魔法で、紙をカードに変化させるイメージなんだけど」

「詠唱とかはありますか？」

「んーっと、特にないや」

僕の言葉に千草は頷《うなず》いた。

「では早速試してみますね。魔導書の紙片をカードに……植物の系統魔法を使用して魔力を込めて紙片にイメージを浸透させる……」

呟《つぶや》きながら、魔導書の紙片に魔力を込めていく千草。

魔導書の紙片が緑色の魔力に包まれていく。

「……少し硬くなったでしょうか」

「カードとは言えないかなぁ」

魔導書の紙片は、少し硬くなっている。紙片自体も一回りくらい小さくなって、縁も整ってはいるが。

「手ごたえあり、かな？」

「もう少し魔力を込めたほうがいいでしょうか？」

「うーん」

魔力は十分に浸透していた気がする。なんなら僕が作ったときよりも多く入っているんじゃないだろうか？　僕がやってるときは緑色に光ったりしないし。

「千草、これを握って」

「はい？」

僕はポケットの中から植物の属性結晶を取り出した。

収納から取り出したものだ。見た目だけだと属性が判別しにくいけど、一度収納にしまってから『植物の属性結晶を取り出す』とやると出せるのだ。

便利機能である。

「えっと、どうすれば？」

「この石から力を吸い込むようにイメージして」

「えっと？」

「いいからいいからー」

僕は千草の手を上から握り、ニコニコ笑う。

「何かの道具でしょうか？」

「うん！」

千草の手の中に収まっていた植物の属性結晶が無事に消える。

「やってみて」

再び魔導書の紙片を渡す。千草はそれを使って、カード化を試す。

「先ほどよりはしっかり変化しますね」

「うん」

「ところで若様、いまの石は」

「もう一回使ってみようか」

僕は再び属性結晶を取り出して渡す。

「あの、これはいったい」

「いいからいいからー」

難色を示す千草の手に再び属性結晶を握らせて、もう一度イメージするように言う。

「消えるということは消耗品でしょうか？」

「変なものじゃないから大丈夫だよ？」

「確かに、少し魔導書の紙片に魔力が通りやすくなりましたけど」

言いながら千草にさらに植物属性の属性結晶を使ってもらった。

「もう一個あるから」

「はい」

千草は特に疑問も持たずにもう一つ属性結晶を消費する。

「ささ、やってみて」

「はい」

魔導書の紙片に千草が魔力を通すと、先ほどよりもしっかりとした感触になった。

大きさは一回りくらい大きい、Ｂ５サイズの紙みたいな感じだ。

「もうちょいかな？」

「あの、先ほどから渡されているこれって」

「内緒だよ？　お父さんやお母さん、それに殿下にも」

もう二つ三つ使わせればカード化がうまくできそうなので、さらに追加で収納からポケット経由で取り出す。

千草もしぶしぶ属性結晶を消費していく。

「どう？」

「今度はできそうです」

さらに三つ属性結晶を使わせると、僕が作ったカードとほぼ同様の大きさ、質感のカードの作成に成功。

「どうでしょうか？」

「うん、問題ないね」

「これで千草もお手伝いできるんですね」

「うん。お願いできる？」

「嬉《うれ》しいです、千草は姉さんと違って給仕も下手ですし、お茶の用意もお菓子作りも得意ではないですから」

なんとも健気《けなげ》なことを。

「明日からお願いね」

「かしこまりました、若様」

千草はその長い束ねた髪を揺らしながら、丁寧に頭を下げてきた。

うん、よろしくね。


「若様！　若様！」

「ふわ、なに？」

次の日、寝ている僕を乱暴に起こす千草がいた。

「昨日のあれ、何なんですか？　朝の鍛錬で部屋が大変なことになってしまったんですけど！」

「……うん？」

「いいから来てください！」

僕はパジャマのまま千早と千草の部屋の前に……うわぁ。

「根っこ……」

「種《たね》からの発芽の訓練をしたらこのようなことに」

ドアの隙間から伸びる細い根っこ。そして半開きのドア。

恐る恐る部屋を覗《のぞ》き込むと、中には乱立する太い木々。

「お、おおう」

「どうしましょう！　姉さんが植物に飲み込まれてしまって！」

「ええ？」

ベッドの方を見ると、木々の隙間から出ている細くて白い手。

「千早っ？」

これは大変だ！

「どど、どうすれば！」

「とりあえず、急速に育てたなら枯らせるしかないね……」

植物属性の魔法の中には、植物の成長を促進させる魔法もあるが、植物を弱体化させる魔法も存在する。

「ちゃんと説明してなかった僕が悪いよね……プラントディスラプション」

僕は近くの根に手を向けて、植物を弱体化させる魔法を放つ。

エレメンタルウッドマンにとても有効な魔法なので覚えておいたものだ。

各属性にそれぞれの弱体化魔法が存在している。これは植物専用の弱体化魔法だ。

僕が放った魔法を受けた木は、その枝や根から水分が失われるようにしおしおと細くなっていく。

「どうしたのかしら？」

「あ、お母さん」

いつものドレス姿に着替えたお母さんが登場。

同じタイミングで、木々によって支えられていた千早が枝や根っぽいものをボキボキとへし折ってベッドへ落下していく姿を目撃したのであった。

「ええっと、何かしら？　この状況は……」

「うう、木が、根が……」

「姉さんしっかり！」

「葉っぱもすごいことになってるね……」

せっかく引っ越したばかりの千早と千草の部屋が、なんかもう大変なことになってしまいました。

そして騒動を聞きつけ集まる家族たち。

「申し訳ありませんでした」

「いや、まさかレムラ婆の助言でここまで植物を育てられるようになるとは誰も思うまい。今後気をつけてくれればそれでいいよ」

おお、お父さんが寛容だ。お父さんの勘違いに千草は微妙な表情だけど。

「素晴らしい才能だ。その力をどうかジルのために使っておくれ」

「ありがとうございます。今後は室内で行わないように気をつけます」

「それと木もやめてちょうだいね？　小さなお花とか、そういうものにしてね？」

「も、もちろんです！」

朝から大変なことになったけど、どうやら昨日のレムラ婆の助言を実践した千草が頑張りすぎたということになったらしい。

千草も強張《こわば》った表情で頷いている。

「朝から酷《ひど》い目にあったわ」

「千早、ほっぺに木の根の跡がついてるよ？」

僕が彼女の頬《ほお》に手を伸ばすと、千早がしゃがんでくれる。

「千草のことだもの、元気のない種と元気な種を間違えたとか、そんな感じでしょ」

「姉さん！」

よく転ぶ千草だから、そういうミスもするだろうと言われてしまっている。

ドンマイ！

「でも千草がここまで植物の魔法に適性があったのは驚いたわ。とても誇らしい」

「姉さん……」

千草が口ごもっているのは僕の口止めが利いているからだ。

人の属性適性をこれほど上昇させるなんてトンデモアイテムである。千草はしっかりとそれを認識してくれたらしい。

「幸い木は成長が早すぎたせいで枯れたから助かったな。あとでまとめて薪《まき》にでもするといい」

「ちゃんと片付けますから！」

「そうか？　もったいないと思うが」

お父さんの言葉になぜか顔を赤らめて拒否反応を示す千草。

なんかすみません。

「僕も手伝うからさ」

「若様ぁ」

僕を抱きかかえても解決しないよ？　それと僕も共犯だもんね。

「でも薪にはしたほうがいいんじゃない？　痛い痛いっ！」

千草、意外と力強いよっ！　ベースレベルが高いからかな？

「ところでジルベール様」

「うん？」

「夜にカード作りましたね？」

「あ！」

昨日千草と練習がてら作ったんだった。

「夜に一人で魔法を使うなと、言っておきましたよね」

「ほぉ？　ジル、そうなのか？」

僕を抱きかかえていた千草がそっと離れる。く、見捨てられた気がするっ！

「若様、お外に出ませんか？」

「外？」

翌日、千早と千草の部屋の片付けを終わらせて、部屋で本を読んでいると千早から提案があった。

千早、飽きてきた？

「ええ。あたしが若様についてから、若様は同年代のお友達と遊ぶことなくずっと家の中にいますから」

「同年代のお友達……」

思い浮かぶのはコンラートくらいだ。まあ年上だけど。

ダルウッド家の長男で茶色い髪の癖っ毛が特徴の男の子。サフィーネ姫様は友達と呼ぶのはなんか違う気がするし、そう考えると僕の交友関係は驚くほど狭い。

「近くにいないんだよね。同年代の友達」

「友達は作るものですよ？」

「同年代の子ってこの辺にいるのかな？」

僕と同年代の子供はいるだろうけど、僕とちゃんと遊べる子がいるだろうか？　平民ならば子供はいるだろうけど、彼らが僕と遊ぶのは少々ハードルが高い気がする。

「この領内ってあんまり貴族がいないんだよね……」

「そういえば」

僕と一緒に本を読んでいた千草が顔を上げる。

もともとこの地域を統治していたのは王家によって指名されていた伯爵家だ。領主ではなく代官という形で、王家の直轄領を統治していた。

彼らはお父さんに引き継ぎをして、お父さんの統治がある程度安定してきた段階で王都へと戻ったと聞く。

ウチと比較しても大きい家だし、爵位も当時は上だったからたくさんの貴族がいたらしいけど、その伯爵家が王都に戻る際に、伯爵家の部下だった男爵やら子爵やらも帰ってしまっている。

「お父さんと一緒に付いてきた人たちは受爵してない人が多いし、行政に関わってる人も大半が子爵家や男爵家の次男三男だから貴族は少ないって」

「であれば、平民の子と遊んではいかがですか？」

「あたしは子供のころは、爵位関係なしで遊べる相手がいましたよ？　まあ使用人たちの子供とかでしたけど」

「あー。でも君たち付いてくるでしょ？」

「ええ」

「もちろんです」

その言葉に僕は首を横に振る。

「保護者同伴で子供の輪に入ったら、煙たがられるでしょ。普通の子供は従者なんて連れて歩かないんだから」

「よくご存じですね」

「でも、確かに若様がお外で遊ばれないのは問題かもしれませんね。お披露目を終えた子は普通に外に出ますから」

「王都では、でしょ？」

この辺はぶっちゃけ田舎なのだ。領都と呼んでいるこの街も、町レベルだし広くない。

「まあ友達云々《うんぬん》は別にして、外に出るのはいいよ」

「いいんですか？」

「なんで驚くのかな……」

僕はそんなにお外に出たがらない子だと思われているのだろうか。

読んでいた本に栞《しおり》を挟んで、イスから下りる。

「でもお外に出るなら、この格好じゃまずいよね？」

「はい、お着替えを用意します」

「まあ適当で……千草、それ違う。それお披露目の時の衣装」

「初めてのお出かけですから、おめかししないといけないのではないでしょうか？」

「より友達ができなくなりそうだから、やめて？」

ただでさえメイド服の二人を連れて歩くんだ。下手に着飾ったらもう何しに来たんだってレベルになってしまうではないか。

「あんまり人が多くないね」

「そうですね。お昼過ぎの時間ではあるのですけど」

千早と千草を連れてテコテコ領都を歩くお子様。それが僕だ。二人もメイド服から私服に着替えている。美人姉妹だ。

「市は朝しか立ってないだろうし、子供もこの時間帯だと家の手伝いをしているんじゃないの？」

「そうかもしれませんね」

ヨーロッパの田舎町みたいなイメージの領都。家の近くには畑があったりもする。そこまで広くないが、道だけは馬車のために広く造られているから余計に寂しく感じる。

「レムラお婆さんの家はあっちだね」

「寄っていきますか？」

「また泣かれても困るからパス！」

僕の言葉に二人は顔を見合わせて笑っている。

似た顔で揃《そろ》って笑うのは絵になるなぁ。

「お、第一子供発見」

「なんですかその表現は……」

「水を運んでますね。家の手伝いでしょう」

そっとしておいてあげよう。

「なんかお店でも覗いてみる？」

「一応お金は持ってきてますけど」

「買い食いはさすがにダメよ？」

「そっかぁ」

確かにそうだ。夕飯が食べられなくなる。というかお昼を食べてからあんまり時間が経《た》ってないからお腹もすいてないし。

「あ、服の仕立て屋さんに行ってみる？」

「仕立て屋、ですか？」

「いいけど、服を買うの？」

「二人の。メイド服とダンジョン突入用の装備くらいしか持ってないでしょ？」

僕の服はいっぱいあるから必要ないのだ。

「確かに、私服はほとんどないですけど」

「いらないっちゃいらないわよね。城にいたときも給仕服だったし」

「千草は下着くらいでしょうか？　そろそろサイズを調整したいですし」

千早の目が鋭くなるのを指摘しないであげるべきだと僕は思うんだ！

「でも若様のお付きで来てるときに自分たちの買い物はできませんね」

「そうでした」

キリッとした表情に戻る千早と、普通にガッカリする千草。

対極的な性格をしているな。

「へぇ、可愛《かわい》い子じゃんか。こんな子この街にいたっけ？」

「さあな、でも珍しいっちゃ珍しいな。なあお嬢ちゃん方、そんな子供は家に帰してオレらとお茶でもどうよ？　オレたち今日休みなんだよね」

「アイススネーク」

「「いいっ!?」」

どこからともなく現れたチンピラっぽい二人の足を氷の蛇で拘束。

「何か用？」

千早と千草が反応する前に動いてしまう僕であった。

「若様、領民をいきなり氷漬けにするのは……」

「というか氷まで使えるのね、詠唱もなしで」

二人ともなんかズレてない？

「お兄さんたちは、だれ？」

「お、オレたちゃ、ここの領主に雇われてる兵士だぞ！」

「いきなり街中で魔法をぶっ放すってなあどういうつもりだ！　捕まえちまうぞ！」

その言葉に僕はため息をつく。

「あの、若様？」

「いきなりはちょっと」

「あのね、君たちの仕事はこの街の治安を守ることじゃないの？　領主から雇われてるってのはそういう意味だよね？」

「そ、そうだけどなぁ」

「ほ、ほら、オレたちは兵士だからさ、見慣れない女の子がいたら迷子かなって」

「ここ、街一番の大通りじゃん」

下手な言い訳は有罪だよ？　氷の蛇が足元で威嚇してるよ？

「ねえ、領主様からお達しが来てない？　重要な客人が来てるから警備はいつもよりもしっかりしないとって」

「はぁ」

「ああ、そりゃあ聞いて……てか冷たいんですけど」

「も、もちろんでさぁ。あの、そろそろ拘束を解いてもらえると」

僕はため息交じりに氷の蛇を水に変える。そうすることで二人を自由にする。

「街中でいきなり仕事中の女性に話しかけたりして、迷惑だと思わないの？」

「そ、そりゃあそうかもだけどさ」

「この街、あんまフリーの女いないから、王都とかから来た女性だったらワンチャンあるかもって」

うちの可愛いメイドさん二人にお前らみたいな三下がワンチャンあるとでも？

「出会いが少ないのは問題だね」

「だ、だろう？」

「だよな!?」

腰が引けてますけど。

「で、大事なお客様が来ている時期に、見慣れない女性をナンパしようとしているお二人は真面目な兵士なんでしょうかね？」

「「さーせんっしたっ！」」

うむ、綺麗《きれい》な気をつけ、礼である。

「今回は不問とします。即座に家に帰り、今日はもう外を出歩かないこと」

「「了解しましたっ」」

またもや綺麗な敬礼だ。本当に兵士っぽい。

「じゃあ解散」

「「あざーっす！」」

チンピラーズが綺麗に回れ右をして、走って消えていった。

うちの領、あんなのが兵士って人手不足が酷くない？

「あんなのに会うんじゃ、安心してお外で遊べないよ」

「即座に対応できるのって普通じゃないと思うんだけど」

「若様、かなりの魔法の腕前なのですね」

僕は両手を伸ばして千早と千草と手をつなぐ。

「あたしたちが守らないといけないのに、守られてしまったわ」

「小さな騎士様でしたね」

「魔法で対応だけどね」

騎士様だったら剣でカッコよく倒していたのだろう。僕の子供ボディは残念ながら剣を振るえるようにはできていない。

「でも、旦那様は騎士だし、お兄様も騎士ですもの。若様も剣の才能があるんじゃないかしら？」

「刃物こわいし」

それに剣は重いのだ。

チュートリアルダンジョンで最初のころ入手した剣を振ろうとしたけど、そもそも持ち上げるのに一苦労で、無理に持ち上げようとしたらバランスを崩して転んだのだ。剣をすぐに手放さなかったら危ないところだったんだぜ。

ナイフも同様だ。スリムスポアを倒したときに使ったけど、何度も突き刺しているだけで腕が疲れてしまった。

「僕は剣の才能はない気がする……」

魔法の才能もブーストしたものであって、もともとあった才能ではないけど。

あれ？　僕ってなんの才能もない子？

や、ゲームのキャラクターである僕に才能がないなんてことはないはずだ！

「確かに刃物は危険ですね」

「千草は刃物が苦手だからね」

千草に刃物っていう組み合わせが怖い。

「姉さんは気軽に使いすぎよ。あんなに危ないのに」

「司祭系はともかく魔術師はナイフも使うわ」

「杖《つえ》のほうが便利です」

それには同意です。

魔術師や魔法使いの装備は片手杖と両手杖、ナイフと魔導書だよね。

装備できるだけであって、魔術師としての性能の優位性を考えるとナイフはだいぶ劣る。短剣系統の武器は特殊効果がつかない限り魔術師系列の職で装備することは基本的になかった。

「木剣での素振りなんかから始めるといいですよ」

「やらないし」

危ないことはしたくないのです。

「そうは言っても、旦那様のお子様である以上、若様もいずれ剣を覚えなければなりませんよ？」

「そうなのかな？　剣の訓練をしろって話は聞かないけど」

お父さんが僕に剣なんかの鍛錬をするように言ってきたことはない。

魔法を使えるって知られてからは魔法の勉強は勧めてくるけど。

「まあ、まだですよね。でもお父上が剣の素振りをしてたりしたら興味が湧いたりしない？」

「や、別に」

魔法なら楽しいけど。

「男の子って剣が好きってイメージですけど」

「ミレニア様の英才教育の賜物《たまもの》じゃないかしら？」

「あー、魔法の話をするとお母さん嬉しそうにするよ」

「その時の旦那様の胸中が知りたいわね」

お父さん、寂しいのかな？　でもお兄ちゃんは剣の道に進んだし、僕は別に魔法の道に行ってもバランス取れててよくない？

「あ、お兄ちゃんだ」

お兄ちゃんのことを考えてたらお兄ちゃんと遭遇したでござる。

「リリーベル様とご一緒ですね」

「デートかな？」

手を振ったらこっちに気づいて手を振り返してくれる。

千早たちと同じく、殿下の従者としての仕事を今日はしなくていいからオフなんだろう。二人とも騎士服ではなく私服だ。

「デート？」

「そうよー。ジルちゃんもデートね」

デート、デートなのか？

「両手に花なの！」

「ませガキだなぁ。どこで覚えたんだ」

「本！」

お兄ちゃんに頭をポンとされる。でも実際千早と千草と両手をつないでいるから両手に花なのだ。

「若様はあまりお外に出たがらないので」

「お外で遊ぶっていう意識がなかっただけだし」

お屋敷の外でやることが特にないのだ。今日もお散歩を楽しんでいるだけで、特別何かを目的としているわけじゃない。

「同年代の子供がいないからかなぁ、ずいぶん達観した子になっちゃった」

「お兄ちゃんはいたの？」

「オレは王都で育ったからな」

「そっか、王都なら貴族の子もいっぱいいるか」

「だな。王都の中では家格が低かったから気兼ねなく遊べたっていうのもあるな」

領地が安定するまでお母さんとお兄ちゃんは王都にいたんだっけか。僕も実は王都生まれらしいし。

「でも王都と比べると、ここは見るところないんじゃない？」

お店も少ないし、おしゃれな店も見当たらないし。

「まあ仕方ないさ。それでも見るべきものはあるしな」

「今後は増えそうですもの。今の風景を目に焼きつけておかないとね」

リリーお義姉ちゃんは街を歩くことも未来の領主の奥さんとしての仕事と考えているようだ。まじめな人っぽい。

「とはいえ、一通り回ってしまったからな。領都の外に出て軽く体を動かそうかなと」

「お互い剣だけは手放せないものね」

二人ともラフな格好だけど、確かにしっかり帯剣している。

お散歩の締めくくりに外で狩りでもする気なのだろうか？

「でも外にお兄ちゃんが満足できる相手なんているの？」

「一応近くの森にならフォレストウルフがいるからな。領民に危害を加える可能性のある魔物だから倒しておいたほうがいいさ」

「ふうん」

「……連れてはいかないぞ？」

興味ないよ。僕はね？

「まあ、そうですよね」

「千早は残念そうだね」

「姉さん……」

「今日は自由行動なんでしょ？　いったん屋敷に戻ったら千草と一緒に行ってくればいいよ」

僕は理解のある上司なのだ。子供だけど。

デートの邪魔をしたらまずいということで、千早と千草は彼らとは別行動で領都の外で活動するとのことだ。

僕は屋敷に戻ってしみじみとお勉強の時間。などと子供らしい行動をせずに、チュートリアルダンジョンに潜った。

「うん。ＪＯＢがたんまり入った気がする」

王都にいたときは別だけど、こっちに戻ってからは毎日入っているのだが、日に日にＪＯＢポイントが上昇している気がする。

これは同種討伐ボーナスが働いているからだろう。

「こうなると、逆にキノコ類の魔物以外を倒したくなくなるなー」

スリムスポアとスポアしか倒していない僕だからこそ、こうやってレベルアップの恩恵を受けられている。

またスポアパワーレベリングやりたい。お父さんでもおじさんでもいいから、また企画してくれないかな？

「今日も属性結晶と属性矢を回収してと」

収納の魔法でこれらをしまう。

そして炎の絨毯《じゅうたん》を出し直して、スリムスポアを倒せるようにしておく。

「うーん、どうしようかなぁ」

もう錬金術師には変更ができる僕である。

『盗賊の指先』のレベルも上がっているから、シーフのＪＯＢである必要はあまりない。

「身体能力が上がってる気がしないんだよね」

もちろん『軽業』や『短剣修練』などのパッシブスキルを手に入れているから戦闘能力は上がっている。

でも単純に僕自身のレベルアップがまだだから、それ以上の能力向上はあまり発生していない。

ＪＯＢの補正で素早さや器用度は上がっていると思うけどそういった技能を必要とする場面に出くわしていないので、なんとなく上がったかな？　程度の認識しかないのだ。

強いて言えば字が綺麗に書けるようになったことだ。誰も気づいてくれないけど。

「コマンドバトルのゲームだったから、あんまり身体能力が必要なシーンっていうのがなかったし……」

アクションＲＰＧではなかったのだ。たまに入るムービーでそういったシーンはあったけど、戦闘時はドットキャラが武器を振って敵にダメージが出たり、盾が出てきて防ぐとかそういった程度の描写だ。

しかもユージンたちのパーティで主にシーフを専門としていたキャラはいないのだ。

ＪＯＢとして選択すればシーフにはなれたけど、やはりそれぞれの立ち位置で戦っているムービーが多く、ユージンは剣で、ガトムズは魔法で、みたいなシーンばかりだった。

「むう、冒険者とかが戦っているシーンが見たいな」

とはいえ、そんな状況に今の僕が置かれるわけがない。

「あ、見に行けばいいっか」

こっそり行けばバレないかもしれない。

ちょうどお兄ちゃんや千早たちが近くの森で狼《おおかみ》狩りをしているのだ。

近くに隠れていれば実際の戦闘が見られるかもしれない。

「確か南西って言ってたよね」

狼型の魔物が出る森が南西にあるって話だ。

こっそり見に行くことにしよう。

僕は意気揚々とチュートリアルダンジョンから抜け出して、人目を忍んで屋敷の門から出る。

「供もつけずにどちらにお出かけで」

「ぎくっ！」

誰もいないと思ったら、普通に門番に見つかってしまう僕である。

間抜けじゃん！

「むう」

「ダメですよ？　お坊ちゃん。お一人でのお出かけは」

門番の兵士さんにダメ出しをされてしまった。

「ごめんなさい」

「はい、ではお戻りください」

「はぁい」

あっさり門の中に戻される僕。

空間魔法で抜け出せばよかったのに、なんで普通に歩いて外に出ようとしてるのさ！

失敗である。

よくよく考えると、門から出なくてもこっそり出かけた時点で騒ぎになるのが目に見えていた。場合によっては門番の人や巡回の兵士さんたちが叱《しか》られてしまう案件だ。勝手をした僕がお説教を受けるのはしょうがないにしても、彼らが職務怠慢だと言われて怒られるのは可哀想《かわいそう》すぎる。

空間魔法でお出かけしたら、それこそ彼らには気づきようがないのだから。

普段からそこに気をつけて、夜にこっそりとチュートリアルダンジョンに行ってたじゃん！　なんでそのことに思い至らなかった!?


「……聞いてます？　ジルベール様」

「はい！」

「嘘《うそ》ですね」

「いひゃいいいひゃい！」

適当に返事をしたらシンシアが僕の頬を引っ張ってくる。

お説教中に上の空なのがバレてしまったようだ。さすがシンシア。

「それで、どこまでお出かけするつもりだったんですか？」

「お兄ちゃんや千早たちのところ！」

「……森で狼狩りをするとの話でしたが？」

「見たかったの！　いひゃいいひゃい！」

「よく伸びますね」

「しょうじきにいったのに……」

頬を引っ張られていつも以上に舌足らずになってしまった。

「魔物がいる領域に一人でお出かけになるなんて、ありえません。供が最低でも三人は必要です」

「えー、多くない？」

「最低でも、と言いましたが？」

手を伸ばしてくるシンシアに恐怖し身を縮こませる。

しかしシンシアは僕の頬を優しく撫《な》でるのであった。

「はあ、素直な子だと思っていましたが、少しばかりやんちゃな面が出てきましたね」

「えへへ」

シンシアに頬を撫でられながら、僕は赤面する。

「可愛く笑ってもダメです。行くなとはこちらも言いませんが、行くならきちんと準備が必要です。第一ミドラード様や千早たちがどこにいるのかわからないじゃないですか」

「それって行くなって言ってない？」

「計画性がなさすぎると言っているんです」

「いひゃいよ！」

また引っ張られた。

「はあ、狼狩りを見てみたかったんですね？」

「というか戦闘が？　僕って今までスポア狩りくらいしかしてないし」

「ジルベール様くらいのお歳《とし》ですと、そもそもスポア狩りも普通は行いません」

ぴしゃりと言われてしまった。

「そっかぁ」

「そのうちビッシュ様が外に連れていってくれるでしょうから、それまでは我慢してくださいね？

勝手に一人で屋敷から出てはいけませんよ？」

「はぁい」

いつになるんだろ？　おじさん最近見てないんだよね。


「来たな、やんちゃ坊主」

「ダンジョンに潜ろうってしてる王子様はやんちゃじゃないの？」

僕の返しにレオン殿下は痛いところを突かれたといった顔をする。

「はっはっはっはっ、一本取られましたな」

「こら、殿下に軽口を叩《たた》くんじゃない」

「はぁい」

「まあ元気な証拠だ」

今日は殿下たちがダンジョンに行く日だ。なので全員それっぽい服装だ。

殿下とお兄ちゃん、リリーお義姉ちゃん、ウェッジ伯爵は青を基調とした騎士服に胸当てをつけ、それぞれ腰に剣を差している。

ビッシュおじさんは魔法師団の制服だろうか。赤い服に灰色のローブを着ている。

千早と千草もメイド服ではない。

千早はミニスカ袴《はかま》だ。黒のソックスの間から覗く太ももがエロい。

千草は先日の授職の儀の時に着ていたような聖職者の服装。

「ジルベール。お前はこれを持っていなさい」

おじさんは僕に短い片手杖を渡してくれた。僕から見ればそこそこ長いけど、某ハリーなポッターの杖みたいなやつ。

服は騎士服に似たものを着せられている。

「おおー！　魔法が使えるっぽい！」

「普通に使えるだろうが」

言いながらもおじさんが僕の頭を撫でる。

なんと今日は僕も付いていっていいらしいのだ！　戦力的に十分なのと、この間の一人で出かけようとした件で、興味があるなら隠れて見ようとされるより、連れていって見せた方がいいとのおじさんの判断である。

「あんまり深くは潜らない予定だからな。まあ五階層のボス部屋までならこのメンバーだったら問題ないだろ」

「ジルベール様、おトイレは済ませましたか？　ハンカチもありますね？　指示なく魔法を撃ってはいけませんよ？　皆様の言うことを絶対に聞くんですからね？」

僕よりもシンシアの心配がすごい。

「う、うん。だいじょうぶ」

「ああ、なんでよりによって今日なんですか……他の日であれば私も付いていけたのに」

「シンシアもお仕事頑張ってね」

「ええ、それはもちろんですけど」

そんなシンシアは、今日は森の中を歩き回るらしく、服は軽装だ。背中のリュックに色々入ってるっぽいけど。

「ほら、そろそろ出るぞ」

「さあ若様、馬車に」

ダンジョンの近くの森までは馬車で向かうらしい。

用意された馬車は三台もある。二台が僕ら用で一台が待たせている間の馬車の護衛をする兵士が乗っているらしい。

途中まで一緒に行くらしいから、シンシアも同乗だ。

千早に抱っこされて馬車に乗せられる。手すりがあるからちゃんと乗れるのに。

「ねえ千早、僕よりも」

「きゃっ！」

「あ」

僕よりも千草を、って言おうとした瞬間に後ろで尻もちをついていた。

「遅かった」

「千草、しっかりしなさい」

「はい、すみませんシンシア先輩」

言いながらも、シンシアが千草に手を貸している。

「頼みますよ？　ジルベール様に万が一がないようにしてくださいね」

「も、もちろんです！」

「先輩、千草は失敗してはいけないタイミングでは失敗しないから大丈夫ですよ」

なにその姉の変な信頼感。

「じゃあ今は危ないですね。千早、千草にもエスコートを」

「かしこまりました」

「もう、姉さん」

「いいから行こうよー」

前の馬車はもう全員乗車してるんだから。

「ここからは徒歩になります。道は一応ありますが、あまり離れないでください」

森の近くで馬車を降りる。目的のダンジョンは森の中だから、馬車ではこれ以上進めないのである。

「多くはありませんが魔物もいますので注意を」

「はいはい」

「まあ聞いた魔物であればほとんど心配はないだろ」

殿下のおざなりな返事と、やっぱり適当な返事をするウェッジ伯爵。

「ジルベール、お前は千早と千草の間だ。最後尾は」

「わたくしがつきます」

「ああ、よろしく頼む」

道案内のお兄ちゃんが先頭で、次に殿下と伯爵。

その後ろに千早と千草に左右を挟まれた僕で、後ろはおじさん。

最後尾がお義姉ちゃんだ。シンシアは別行動で森に向かっていった。

青い鬣《たてがみ》のメンバーが踏み固めたという道が森の奥へと真っすぐ延びている。

「コボルドとレッドウルフだっけ」

「スポアやマンイーターなんかもいるぞ」

「スポアは倒したことあるやつだ」

パワーレベリングしたやつだ。

「この辺のは王都にいるのと違い胞子を飛ばしてくるから気をつけるのだぞ」

「あ、そうなんだ？　青い鬣の人たちは特に言ってなかったなぁ」

この辺のスポアも倒したことあるけど。

「ああ、連中は平原でスポアを集めたのだろう。森の中のスポアは少々毛色が違う。あまり近寄らないようにしなさい」

「平原のスポアでも近寄りたくないから大丈夫」

「そ、そうか」

おじさんが若干引き気味に答えた。でも普通に考えてよ、僕まだ五歳よ？　スポアって僕の半分くらいの大きさがあるんだもん。

「スポア程度にビビってちゃあ先が思いやられるぞ？」

「慎重って言ってよ」

殿下が口を挟んできたので、僕も反論する。

「ご安心を。若様には魔物を近寄らせるような真似はしませんから」

「ありがとう千早」

殿下やおじさんがいるから、千早がいつもより丁寧だ。

そう考えていると、先頭を歩くお兄ちゃんが足を止めて手を腰のあたりで振る。

停止の合図だ。

「何かいるか？」

「何か、というかこちらを窺《うかが》うような気配を感じます」

殿下の問いにお兄ちゃんが静かに答える。

「……わからんな」

伯爵が首を振る。

「オレが足を止めた瞬間に消えました。離れているか、さもなければ」

「ミドラよりも手練《てだ》れの可能性もあるな。先頭を代わるか？」

「……お願いします」

伯爵の提案をお兄ちゃんが素直に受け入れる。

「千早」

「はい」

千早が僕を抱っこした。

「何かが起きるかもしれません」

「はぁい」

僕が千早に抱っこされると、千草が素早く紐《ひも》で僕を固定した。

おんぶではなく抱っこだ。後ろから攻撃を受けたときの対策らしい。

「キツくないですか？」

「大丈夫。千早は平気？」

「ええ」

髪の毛が邪魔にならないように、髪をサイドテールにまとめて千早は立ち上がった。

「準備できました」

「ああ、それでは行動を開始する」

今度は伯爵の号令で、前進を開始する。

何かいるのかな？

「こちらの様子を窺う気配、確かに感じるな。ミドラ、よく気づいた」

「普段殿下の護衛をしているときには感じなかった気配ですので、逆に気づけました」

伯爵の言葉にお兄ちゃんが静かに答える。

「危険はなさそうか？」

「恐らく、としか言えないな」

おじさんの問いに伯爵は答えを濁す。

「殿下、いかがいたしますか？　気になるようであれば戻ることもできますが」

「いや、むしろ前進をした方がいいだろう。鬣の連中のキャンプは遠くないのだろう？　彼らとの合流を早めた方がいい。冒険者たちなら何か感じ取れるかもしれんし、単純に頭数が増えればそれだけ対応できる幅が広がる」

シンシアが青い鬣の人たちは手練れ揃いだと言っていたから、確かに彼らと合流した方が安全かもしれない。

「仕掛けてくる気配はいまのところありませんな。私の気配感知の範囲の外にいるようです。まだこちらの様子を窺ってはいますが……まあ手を出してくる様子もありません。殿下の言う通り合流を急ぎましょう」

仕掛けてくる気配とかわかるもんなのか、伯爵すごいな。さすがは殿下の護衛役。

「異常があったらすぐに言ってくれ。即座に離脱を行う。ビッシュ、場合によっては

「ああ、ジルベールだけ連れて逃げさせてもらおう」

おじさんの言葉に殿下が頷く。

「え？　殿下優先じゃなくていいの？」

「この場合は足手まといをこの場から離すのが目的だな。いくらビッシュ伯父上が強力な魔法を使えても森の中じゃそこまで強力な魔法が撃てない」

「そういうことだ」

「なるほど」

そもそも森の中だから火の魔法は使えないし、木々で視界が遮られているから敵が遠いうちに魔法を撃ち込むことも難しい。

ゲームだとコマンドバトルだったし、地形効果的な要素もなかったからどんな場所でも魔法は撃てた。だけど現実では環境に合わせて魔法を選ばないといけない。

ゲームだと水中戦だろうが火の魔法が撃てたし。冷静に考えると無茶苦茶だよね。

「じゃあ僕、おじさんにおぶさった方がいい？」

「あたしと一緒でいいですよ。それに魔物のいるエリアではおんぶは危険です。背中に目はないの

ですから」

千早が苦笑しながら言う。どうやら前もって色々とフォーメーション的なモノが決まっていたらしい。

むう、そういう決まりごとがあるんなら僕にも教えてほしかったな。

「さて、話していても仕方ないです。先に進み……魔物だな」

「ええ」

伯爵が剣を抜く。お兄ちゃんと殿下もだ。

お義姉ちゃんが僕の後ろについて、おじさんがにらみを利かせる。

次第に規則的な足音がこちらに近づいてくるのが聞こえてきた。

そして木々の間を縫うように、素早く二匹の赤黒い毛の狼が飛び出してきた！

「ふっ！」

「はぁっ！」

伯爵とお兄ちゃんが前に飛び出して、あっさりとその二匹の狼——レッドウルフだろう、それに剣を振り抜いた。

瞬く間にレッドウルフは斬り伏せられる。

伯爵の方が年齢的には強いんだろうけど、ゲームと違ってダメージ数値が出るわけじゃないから、二人とも一撃であっさりと倒したとしか見えない。

「こんなものか」

倒されたレッドウルフを一瞥《いちべつ》した伯爵が視線を前に向ける。

「この辺はまだ街道にも近いですから、そこまで強力な魔物は出てきませんよ」

お兄ちゃんがその伯爵に苦笑いで答える。

「千早、千早もあれできる？」

「もちろんです」

僕を抱っこした千早が素早く答えてくれる。

「みんな強いなぁ」

「まあ、武器がいいってのもあるさ」

殿下は涼しい顔をして、腰に吊《つ》るしていた袋を手に取って、魔物に向けた。

するとその袋の中に魔物が吸い込まれていく。

「すごい！　魔法みたい！」

「実際に魔道具だ。収納袋だよ」

「おおー」

なんともファンタジーな道具が存在するもんですな！

「戦闘に関してはさすがですね」

遠目でジルベール一行を監視していたシンシアは、頭の上の耳をピクピクさせながら戦闘の様子を窺《うかが》っていた。

普段はメイド服に身を包んでいる彼女だが、今は紺色のパンツルックの冒険者スタイルである。

「しかしミドラード様が私の気配を感じ取れるのは誤算でした。王都で遊んでいただけではないようですね」

レッドウルフを一撃で倒したことよりも、自分の気配を感じ取ることができたミドラードに感心をするシンシア。

「残りのメンバーの実力ではジルベール様の警護に不安が残りますが」

王の護衛もこなすウェッジや、王子の護衛であるミドラードが優先するのは王子であるレオンリードだ。

森という視界が狭く障害物の多い場所ではビッシュも十全に実力を発揮できない。

千早《ちはや》と千草《ちぐさ》の二人は、シンシアから見るとどうしても実力が足りていないので、ジルベールのことが気がかりでならない。

「ジルベール様がどれだけ実力をお隠しになられているか、気になります」

先ほどの戦闘。かなり遠方にもかかわらずシンシアは完璧に把握していた。

レッドウルフが飛び出してきたとき、千早に抱えられたジルベールがまったく動揺していなかったことにも気づいている。

「レッドウルフ程度では驚くこともない、ということでしょうか。自分よりも弱い相手だと本能が働きませんからね」

本人も気づいていないことだが、ジルベールのレベルは30を超えている。レベルアップの際に魔術師であったため体力や力はそこまで極端に高くないが、この世界では中堅と呼ばれる冒険者のレベルに足を踏み入れている。

スリムスポアを常に葬り続けていたジルベールが、王都やそこからの帰り道でスポアを大量に倒した際に同種討伐ボーナスが恐ろしい働きをしたからである。

単独であの数を倒しても普通ならレベルアップは5から6程度だが、ジルベールはチュートリアルダンジョンでスリムスポアを倒し続けたので、経験値の上昇倍率がおかしな働きをしたのである。

「ジルベール様が戦っている姿を目に焼きつけたい……」

シンシアはジルベールが好きだ。単純に大好きだ。

自分の庇護《ひご》下ですくすくと成長する可愛《かわい》い子供。まるで自分の息子や弟に対するような、家族の愛情を持っている。

「抱っこされているジルベール様も可愛い」

そういえば抱っこは何度かしたけど、それは屋敷内の短い距離だけだったことに気づく。するとシンシアは、ずっと抱っこをし続けている千早に軽い殺意を覚えるのであった。

「つ！」

「千早《ちはや》？」

僕を抱っこしている千早が、なんかぞわぞわっとした動きをした。

「な、なにか悪寒が……」

「大丈夫？　下りる？」

「いえ、別段体調が悪いわけではないですので」

「それならいいけど。僕、重い？」

「男の子なのに軽すぎなくらいよ？　もっと食べないといけないわ」

「僕がいつもどれくらい食べてるか知ってるでしょ」

「それもそうね」

少しくすぐったそうにしたので、顔を横に向けて答える。

「そういえば若様って、基本的になんでも食べますよね」

「確かにそうかも。千草《ちぐさ》は好き嫌いが多かったから」

「ね、姉さんだってお肉ばっかりじゃない！」

「食べないのはロドリゲスにも、お野菜やお肉をとってきてくれる領民たちにも悪いかなって。お腹いっぱいで食べられないときもあるけど、なるべく全部口をつけるようにはしてるよ」

「偉いな、ジルベールは」

暇だったのか、殿下も会話に参加してきた。

「殿下は食べられないものとかあるんですか？」

「ああ、実はトマトが苦手でな」

「あー、僕もあの口の中でくちゅってなる感触が嫌いです。ロドリゲス……うちの調理担当に生《なま》以外で出すようにお願いしました」

「料理人に口出しするのか？」

僕の言葉に殿下が驚きの声をあげる。

「僕の屋敷では使用人との距離が近いですから。食べられないわけじゃないですけど、できればこうしてほしいなって要望を出しただけですし」

「むう、そう、か。うちの侍女長が食べ残しには厳しくてな……」

シンシアも食べ物に関して色々と聞いてくることが多い。もともと量がある程度多いから、食べ残しても文句は言わないけど、食べ残した理由とか、一口しか食べなかった理由とかめっちゃ聞いてくるもん。

「気になったことはないですけど、なんか何を何口食べたとかこと細かく監視されてるときがあるっぽいんですよね」

「ああ、子供の頃にポケットにトマトを隠したことがあってな……それはもう怒られたものだ」

「それは、色々と怒られるポイントが多そうですね」

「今なら理解できるが、当時の私は五歳だぞ？　今でもたまに失敗談と称して新入りの侍女にその話をしているらしいしな」

「僕と同い年の頃ですねー」

僕の失敗談を話すシンシアと同類の人だね。

「シンシア先輩もジルベール様のことを楽しそうに話しますので、古くからお仕えになられている方はそういう傾向にあるのかもしれませんね」

「迷惑な話だな」

「ちなみに千早と千草はシンシアにどんな話をされたのかな？」

「ジルベールカードを作成したときの逸話なんかですね」

「初めて泥遊びをされたことも聞いたわ」

「泥遊びって……」

そんなに楽しいエピソードじゃないと思うんだけど？

「一番の逸話はやはりご両親の諍《いさか》いを止めたときのお話でしょうか。職業の書を隠されていたのも驚きましたけど」

「自分の親のために身を削るか。想像もできないな」

千早が首を左右に振る。

「でも千早は千草のために親の罪を暴いたんでしょ？」

「あたしの身も危なかったですから、ただの保身です。それに自分の仕える主《あるじ》に顔向けできないような真似をしたくなかっただけですから」

「そっか」

なでなで。

「……若様」

「いいからいいからー」

もう千早を褒めてくれる両親がいないんだ。主の僕が褒めてあげないといけない。

「若様、姉さんをありがとうございます」

「千草まで、もう」

ちょっといい話になってしまった。


「おお、今日はジルも一緒か」

青い鬣《たてがみ》のメンバーが駐屯地としている場所は、僕が見つけた書物に載っていた森の中の村だった場所だ。

そこで出迎えてくれたのは、その代表者である青い鬣を持った獅子の獣人、トッドさんだ。

当時の建物は木々に飲み込まれているが、一度整地されたことがあるからか平坦《へいたん》な土地がそこそこ広い範囲に広がっている。

「意外と切り開かれてるね」

「まあな。木々を根っこから取り除くのは面倒だったが」

千早に抱えられてた僕だけど、ここは安全だからと下ろしてくれた。

「千早、ありがとう」

「いえ、問題ありません」

僕を抱っこして森の中を歩いてきた千早だけど、別段疲れた様子もない。

それは他のメンバーもそうだ。完全な魔法職のおじさんや千草も特に疲れた様子は見られない。

伯爵やお兄ちゃんなんかは時折魔物と戦闘をしていたのに、汗一つかいていない。

「みんなすごいなぁ」

「鍛えていますから」

千早と違って千草は若干汗ばんでる。他のメンバーと違って神官服って厚着っぽいからかな。

「ジル、お前男なんだから自分で歩けよな」

「そうは言うけど、僕のペースで歩いてたらここに着く頃には日が暮れちゃうよ」

僕の子供ボディの歩幅を舐《な》めないでほしい。

「がっはっはっはっ！　そりゃあそうだ！」

青い鬣のリーダーであるトッドさんが笑いながら僕の頭をわしゃわしゃ撫《な》でる。首がもげそう。

「トッドさん、若様は可愛《かわい》くて繊細なんですから」

「そうです。小さくて可愛いんですから乱暴に扱わないでください」

「まあ、確かにジルベールは可愛いな」

殿下にまで可愛いと言われる僕である。

「ダンジョンは近いんだよね？」

「ああ。ここから北に十分程度歩けばあるぞ。内容は聞いているな？」

「うん」

僕が以前見つけた本の内容の通りと聞いている。

今日の目的地は四階だ。

一階から三階のコボルドやレッドウルフたちは数が揃《そろ》うと僕を守りながら戦うのが難しいとのことで、そこは素早く抜けることに。

魔物が少ない四階で戦うことにするそうだ。

「四階でヒュージヒューマスポアを倒すんだよね」

「ええ、あれは動きが遅いですから」

「もう一種類のミルオックスはこちらから攻撃を仕掛けないと攻撃してこないですから、若様の遠距離魔法ならば安全に倒せるでしょう」

「そういう話よね」

「そうだな。三階のコボルドとレッドウルフの混合帯だけ気をつければってところだが……まあそのメンバーなら大丈夫だろ」

トッドさんが伯爵を見た後おじさんにも視線を向ける。

この二人が特に強いんだろうね。

「ダンジョンは初めてだろうがな、とにかく仲間から離れず周りの指示に従うことさえ守っていればいい」

「うん」

「そうですな。だがいざとなればワシもお前の兄も殿下を優先する、それを忘れませんよう」

伯爵が厳しい表情で僕を見る。お兄ちゃんもその言葉に頷《うなず》く。

「ま、オレだけはジルを優先してやるから安心しろ」

「あたしもです」

「若様に危害は加えさせません」

「え？　トッドさんも来るの？」

「案内役でな。まあ暇だし」

「暇なんだ……」

それは心強い、のか？

ガハハガハハと笑っていたトッドさんを追加した我ら王子様パーティ。

騎士が四人、侍《さむらい》が一人、闘士が一人に賢者が一人に高司祭が一人。そして子供が一人だ。

だいぶ前衛に偏っている。そして子供一人が意味不明である。

村だった場所からダンジョンまでは軽い調子で来ていた。

で、引き締めるときは引き締めると言っていたメンバーだけど……。

「ふっ！」

「きゃうん！」

トッドさんの蹴りがさく裂し、コボルドが宙を舞った。

ダンジョン内、洞窟のエリアにあたるこの場所は天井が低い。天井にたたきつけられたコボルドは、そのまま空中で消えていき、地面にドロップ品であるコボルドの毛が落下するのみだ。

「これは楽でいいな」

「目的の階層まではすぐに着きそうですね」

周りはこんな様子で緊張感はまったく感じられない状況だ。

一階から三階まではコボルドとレッドウルフのエリアで、どちらも敵と見るや一直線に向かってくるタイプの魔物らしい。

そんな魔物を見かけると、まっしぐらに突っ込んでいき敵を葬るトッドさん。

なんかやる気に満ちているね。

そんな状況を眺めている僕はまた千早の腕の中だ。ダンジョン内で再び抱っこである。自分の足で歩きたい、ダンジョンを動き回りたいっ！

「コボルドはつまんねーんだよなぁ」

「その割にはきっちり片付けてくれますな」

「なに、暇だっつって付いてきたんだ。それなりに働かないとだろ？」

「普段からダンジョンにこもってるわけじゃないんだな」

レオン殿下が代表して聞いている。

「いつもなら下の層に潜ってライドブッカーを倒してるんだけどな。聞いての通り外のコボルドの対策に人を取られちまっているんだ。ライドブッカーがいるエリアは自動人形もいるからソロじゃキツい。だから暇してたんだわ」

「なるほど」

「魔法が飛んでくるもんね」

「そういうこった」

個人的な感想になるんだけど、魔法って厄介だよね。基本的に避《よ》けるか同じく魔法で相殺するくらいしか対策がないんだもん。

「ライドブッカーの特性を知っているんだな。よく勉強をしている」

「というか、他にやることなかったという感じ？」

トランプもどきを作る前まで、やることといえば本を読むことくらいだったもの。

今は本を読む、勉強をする、魔法の練習をする、とやることは多めだ。

「ジルベールくらいの頃なんか満足に本も読めなかったような気が……」

「どうだったかなぁ」

「オレァ今でも本は読めん！　というか簡単な字しか読めんし書けん」

「冒険者だとそうだよな」

「いや、冒険者になってから覚えたって奴は結構多いぜ？　依頼書とか自分で読めないとわかんねーからな」

確かにそうだ。

「でもトッドは今でも読めないのか」

「勉強はしたぜ？　簡単な依頼書なら読めるが、本となると読めん」

「僕も辞書を片手に読む感じかなぁ。知らない単語が多すぎる」

「辞書を引く五歳児？」

「我が弟ながら……」

「実際に辞書を片手に本を読んでましたよね」

「ずいぶん見慣れましたけど、確かに……」

「ジルちゃんはお勉強家なんですね」

「……今度辞書をプレゼントしよう」

「もらえるなら魔法の本とかのが欲しいかなぁ」

「本か、軍盤の本なら大量にプレゼントされたな」

「それは殿下が迂闊《うかつ》なことを言うからですよ」

「ですな」

殿下は軍盤の本が欲しいとか人前で言ったのかな？　もしそうなら取り入ろうとした貴族たちから大量に届きそうだ。

そんな話をしつつ、ダンジョンの中ではあるが緊張感なく進んでいった。

特に危険もなく、イベントもなく、目的の階に無事に到着するのであった。

「わあ！」

洞窟エリアから一変、小高い丘のような景色のいい世界が広がる。

意味不明だけど、これがダンジョンだ。

「ここが目的の階層だ。ジルベール、おさらいをしよう」

「はい、おじさん」

「お前が倒す魔物はなんだ？」

「ヒュージヒューマスポアです！」

「そうだ。どんな魔物だ？」

「人間の大人みたいな形の、歩くキノコ！」

「ま、まあそうだな……間違ってはいない」

イラストも見たからね！

「倒し方は？」

「遠距離から火の魔法で攻撃します！」

「注意することは？」

「爆発系の火の魔法を使わず、アロー系かスピア系で、できれば一撃で倒すことです！」

「そうだ。なぜ爆発系を使わない？」

「爆発させると、キノコの胞子が飛び出すからです！」

「その通りだ。千早、ジルベールを下ろしなさい」

「はい」

出発前と、出発後の馬車の中、そしてここに向かう前の村の跡地、その三ヶ所すべてで何度も聞かされた注意事項を口にする。

他の注意事項といえば、攻撃をする際にはどうやって攻撃をするかを口に出すこと、こちらから攻撃しない限り攻撃してこない牛の魔物ミルオックスに当たらないよう気をつけること、おじさんの指示には必ず従うことだ。

抱っこ紐《ひも》で括《くく》られて千早に運ばれていた僕が、ついに大地に降り立った！

うん、みんなの行軍速度に明らかについていけないとはいえ、こうやって運ばれるのもなかなかこたえるんだぜ？

「では早速。あいつに魔法を撃ちなさい」

「は、はい。ファイアアローいきます」

初めての反撃してくるものとの戦闘に、自然と体が強張《こわば》る。スリムスポアに穴の上から魔法を撃つのとは違い、こいつはまっすぐ僕に向かってくる相手だ。

緊張をしつつも僕は杖《つえ》を前に出すと、杖の先から炎の矢を十発ほど放った。

人間の大人サイズのヒュージヒューマスポアは、炎の矢に貫かれあっさりと絶命。体が光に包まれて消えていく。

スポアの時より急激にではないが、体の中から力が湧き上がってくる感じがする。

「威力を考えると三発で十分だ。魔力も無限ではないからな。次、右の相手だ」

「はい、ファイアアローいきます！」

おじさんの指示のもと、ターゲットを次々と倒す。

その間に殿下たちはミルオックス退治だ。本来僕の護衛である千早と千草はそちらに付いていった。トッドさんが来てくれたので、バランスを考えて二人はそっちに行かせたのだ。

ただ立って眺めさせるにはもったいない。二人にも経験値を稼いでほしい。

「おーおー、やるなぁ」

代わりに僕と一緒にいるのはトッドさんだ。彼が僕たちの護衛を買って出てくれたのである。

「次、奥の」

「ファイアアローー！」

「最後はあいつだ。スピア系で倒しなさい」

「フレイムスピア！」

丸太のような太さの炎の槍《やり》が、ヒュージヒューマスポアを上半身ごと飲み込み、大地を削った。

攻城兵器でも生み出した気分である。

「よし、いいぞ」

いや、威力がおかしいでしょ……。

「よしじゃねえだろ。ガキに何を教えてんだ」

「うん、僕もそう思う」

シーフなのにえらい威力だ。本職の魔術師系統になったら三十％の威力上昇補正がつくんだよ？

しかも威力上昇補正の装備で固めたらもっと上がるんだよな。

「威力は高いに越したことはなかろう」

「後ろがあぶねえっつう話だよ。撃ち下ろしの地形だから被害は出てねーけど、おもっくそ地面を掘ってるじゃねえか」

「言われれば確かに。忘れていたな……ジルベール、もう少し威力を下げて構わないぞ」

「うーん？　でもどうやるの？」

「力を抜いて撃てばよい。魔法名も言わず、こう出ろとイメージして放つのだ。このようにな」

おじさんは言いながら手を上げると、細身の炎の槍を生み出す。

そう、槍といえばそんなイメージよね。

「やってみる」

「では標的はあいつだ」

おじさんに言われるがまま、フレイムスピアを放つ。

炎の槍に貫かれたヒュージヒューマスポアは、あっさりと光の粒子となり消えていった。

「そんな簡単にできるもんなのか？」

「現物を見せればイメージしやすかろう」

「うん。わかりやすかった」

「そ、そうか……なんかすげーな」

トッドさんが動揺している。他の魔術師や魔法使いはこんな感じじゃないのかもしれないな。

「見える範囲のスポアがいなくなったな。少し移動しよう、湧きポイントを知っている」

「ああ、案内を頼む」

「おねがいします」

トッドさんは先導を始めて、ほんの四、五歩で僕を掴《つか》んで肩に乗せた。閣下ばりの安定感である。

「お前の足に合わせるのはきつい」

「すみませんね」

僕の三、四歩分がトッドさんの一歩になるんだもん、移動速度に関しては勘弁してください。

とはいえ、それでもまだある程度ゆっくり歩いている感じがするのは周りに合わせているんだろうな。そう考えていると、視界に特徴的な木が見えてくる。

「大きい木だ！」

背が高く、こんもりと葉を蓄えた大きな木に僕たちは近づいていく。

さらに近づくとその木の大きさがよくわかる。

「ディライのサトウカエデ、だと？」

「あ？　なんのカエデだって？」

「ディライのサトウカエデだ！」

おじさんが声をあげる。ディライの楓《かえで》？

「知らんのか？　スパークリングメープルが獲《と》れる木だ」

「あの有名な木か！」

「スパークリングメープル！」

ゲーム時代の金策に使われてたアイテムだ！

獲って提出するだけでいい金になったクエスト。回数に制限があったけど、ゲーム中盤で役に立つ店売りアクセサリーを購入したいときにちょうどいいタイミングで現れるクエストだった。

「ああ。水に溶かせば甘い炭酸水に、発酵させて酒にすればボトルで金貨数十枚にもなる高級樹液が獲れる木だ。このような場所に生えているとは」

「おおー！」

「この大きさな上に今まで誰も獲っていなかった木だ！　どれだけの樹液が獲得できるかわからんぞ」

「マジでか！」

「すごいんだ？」

「ああ、しかも美味《うま》い。二人とも、絶対に木を傷つけるなよ？」

「わかった！」

「了解！」

そしてその大きな楓の木の周りに多くいるヒュージヒューマスポア。

「あはははは！　お頭《かしら》！　ははははは！　おつかれっす！」

「うう、ボス、おつかれさまです。グスン」

「おう、お前らか……胞子食らったのか」

「あはははは！　さーせん！　毒消しねえっすか？　あははははは！」

「グスン、すいやせん。しくじりました」

ヒュージヒューマスポアの胞子の効果だ。

あの胞子を食らうと笑い、泣き、痒《かゆ》みのいずれかの状態異常が発生する。ゲームだと『笑っていて攻撃できません』とか『泣いていて攻撃が当たりません』『体が痒くて武器を握れません』という愉快なテキストが出るだけだった。

現実で見ると、悲惨だな。

「そ、そうか」

「ボス、こいつらには罰を与えているので毒消しはいらないですよ」

盗賊風の男がため息交じりにトッドさんに伝える。

「あー、なんだ。その有り様じゃ狩りどころの騒ぎじゃねえな」

「あははは！　そうっすね！」

「うう、さーせんです」

「はい。なので今日は戻ろうかなと」

「よし。なら頼みがある。ビッシュ殿、何が必要だ？」

「なんにしても樽《たる》だ。それと木に穴を開ける工具、竹のような樹液を伝わせる筒状のものだな。あとできれば牛乳瓶とコルク蓋《ふた》も欲しい」

「あはははは！」

「ぐすっ、ぐすん」

「お前ら、とりあえず黙れ」

大の大人の笑い声と泣き声はそれなりに鬱陶《うっとう》しいね。

「ぷ、ぷぷぷぷぷ。ぷすー」

「さめざめ」

黙ろうとしても鬱陶しいね……。

「何かするのですか？」

「ちいとばかりな。毒ってる二人は戻って誰か別の奴にそれらを運ばせてくれ。樽は、とりあえず運べるだけ欲しい。向こうに戻ったら解毒剤も飲めよ」

「あはははは！　了解っす！」

「はい、ぐすん」

「お前はこの階層のどっかにいる殿下たちをこっちに誘導してくれ。収納袋が借りられれば借りたい」

「わかりました」

なんだかんだ言いつつも、さすがは青い鬣という冒険者クランのリーダーのトッドさん。三人にテキパキと指示をしている。

この木からスパークリングメープルを回収する気満々のようだ。

「ジルベール、我々は木の周りのヒュージヒューマスポアの討伐だ」

「うん」

道具がないと回収が行えないので、僕は引き続きおじさんの指導のもとキノコ退治である。

トッドさんが言っていた通り、ヒュージヒューマスポアが多く見える。ヒュージヒューマスポアはこちらを認識すると顔を向けてくるが、一定以上近づくか攻撃を受けない限りこちらに攻撃をしてこない魔物らしい。

「あの木に火の粉が飛んだらまずい」

「うん」

軽い口調で言ってるように聞こえるけど、おじさんは先ほどと違い真剣な表情をしている。

「いいな？　火の魔法は絶対に使うな」

「わ、わかりました」

気合も入っている。

「水で蛇のような魔法を撃っていたな？　あれで倒せるか？」

「どうだろう。あれは攻撃範囲が狭いから」

「ふむ、地属性でいくか。アーススパイクかグランドヘブンか」

アーススパイクは地面から太い杭《くい》を相手の目の前に生み出して突き刺す魔法だ。

グランドヘブンは地面を崩落させて、相手を崩落に巻き込ませる魔法。

「アーススパイクはともかく、グランドヘブンはちょっと怖いかな。地面の下に楓の木の根があるかもしれないからやめた方がよさそう」

「それは盲点だった」

そうなると、やっぱり水？

「ならば風の魔法だな。よく見ておきなさい」

おじさんはそう言って少し離れたヒュージヒューマスポアに向かって手を手刀のように振るう。

「エアスライサー」

そこから生み出される風の刃《やいば》は、ヒュージヒューマスポアの体を簡単に両断した。

やはり賢者であるおじさんは滅茶苦茶強い。

「風の刃を放つ魔法だ。刃は中心点よりも両端の方が切れ味がいい」

「でも後ろの木も斬れちゃってるよ？」

そうなのである。おじさんの放った風の刃はヒュージヒューマスポアだけでなく、その後方に立つ木も斬り倒してしまっていた。

「これじゃあディライのサトウカエデ側のヒュージヒューマスポアには撃てぬな」

「うーん、それならこんな感じで……」

僕は手を上に掲げて、風の刃を円形に作成し回転させる。

「名前は……風円斬《ふうえんざん》！」

風で作った気円○である。太公○の○風輪とか言ってもいい。

円形の刃が高速で回転し、それを自在に動かす風の魔法。以前から色々と考えていた魔法の一つだ。

「ふむ、使ってみなさい」

「はい！」

僕は風円斬を放って、離れていたヒュージヒューマスポアを攻撃する。風円斬はその体の中心をぶった斬ってもなお勢いが衰えない。

そのままコントロールして二体、三体と倒していく。

「おお！」

僕の生み出した魔法を目にしたおじさんが嬉《うれ》しそうな声をあげる。

「なるほど、円形に刃を作りそれを回転させることで切れ味を上げ、コントロールしやすくしているのか」

そう言いながら、指先に小さな風円斬を生み出した。

「素晴らしい工夫だ。コントロールが容易だから一つで何体もの魔物を相手にできるのもよい。よく考えついた」

「あ、あははは」

漫画のパクりです、とは言えない状況だ。

「円の大きさも自在に変えられるな。なるほど、こうやるのか」

おじさんは拳《こぶし》にも満たないサイズの風円斬をミルオックスに飛ばし、ミルオックスに当たる直前に円を大きくし、ミルオックスをぶった斬った。

すげー、もう使いこなしてる。

「回転させるぶん魔力の消費が多いが、エアスライサーよりも使い勝手がよい。風円斬と呼んでいたな」

おじさんは自分の周りに小さな風円斬を同時に五つ生み出した。

「一度に制御できるのはこのくらいか？　いけ！」

おじさんのコントロールする風円斬は、目に見える範囲のヒュージヒューマスポアやミルオックスをまとめて片付けた。

「ふむ、これは面白い」

「キノコは残しておいてよね！」

トッドさんお勧めの湧きポイントに、生きた魔物はいなくなった。

「すまん」

新しい魔法にテンションが上がってしまったようだ。このおじさん、子供みたいだ。

「ビッシュ様がお試しになられているので、若様は休憩にしましょうか」

千草がそう言ってミルオックスの『新鮮牛乳』を差し出してくれる。

「おいし」

サトウカエデの木に寄りかかって、ミルオックスの牛乳を魔法で冷やしながら飲む。牛乳瓶の飲み口が大きくて僕の小さな口ではこぼれてしまうのは仕方ない。

なんだかんだ言っても歩き回り抱っこされ、担がれ、魔法を使い戦闘をこなしたのだ。そこそこ疲れた体に冷えた牛乳が染み渡る。

獲れたて新鮮なミルオックスの牛乳はやはり美味《おい》しい。

ダンジョンの中で言うのもなんだけど、気持ちのいい木漏れ日と爽やかな風、暖かくも過ごしやすい気候で、お昼寝をしたい気分だ。

「メスが多くてよかったなー」

オスはお肉や角をドロップし、メスは牛乳をドロップするらしい。

おじさんが暴走気味に倒した二種類の魔物。

ミルオックスはお肉、角、牛乳がドロップ。ヒュージヒューマスポアは赤傘キノコや緑色の胞子といった回復薬や毒消し薬の材料をドロップ。モンスターメダルは出なかった。

せっかくなのでこっそりと牛乳とお肉だけ収納にしまった。時間経過の影響がどう出るか知りたかったのだ。牛乳も生肉も見た目と臭いでダメになってるかわかるから判別しやすい。

「ずいぶんくつろいでいるな」

そこに到着したのは殿下たち。トッドさんの部下の伝言が届いたのかな？

「若様、大丈夫？」

「若様、回復魔法は必要ですか？」

千早と千草も一緒だ。

「大丈夫だよ。二人はどうだった？」

「ミルオックスはそこそこ手強《てごわ》いですね」

「はい、ミドラ様と殿下のお二人で力を合わせて倒すような手合いですから」

そんな返事をしながら、僕の体をペタペタ触って怪我《けが》をしていないか確認をしてくる二人。

ミルオックスはそこそこ手強いんだ？　おじさんは魔法で一撃だったから強い印象がなかった。

「僕はスポアの相手しかしてないからよくわかんないや」

「何体か倒されたんですよね？」

「うん。魔法でズバッと」

「うわあ、本当に倒しちゃうんだ。さすが若様」

「えへへ」

最初のパワーレベリングとは違うけど、そこそこレベルは上がったと思う。それとシーフのＪＯＢレベルも。

「ジル、伯父上とトッド殿はどうした？」

「近くの魔物全部片づけてくるって言ってどっか行っちゃった。ここで休んでろって」

「お二人は……ジルちゃんをダンジョン内に放置だなんて、護衛というものがどういう存在なのかわかっておられないのですか……」

お義姉ちゃんが怒っている。

「まあいらないだろって言われちゃった。スポアは近くにいたら倒していいって」

「適当な……ダンジョン内では突然横に魔物が湧くときだってあるのだぞ」

ゲーム内でも『不意を突かれた！』とか『奇襲だ！』とかあったから注意をしないといけないんだよね。

でもこれだけ見晴らしがいいと、そういった心配はなさそう。魔物も突然その場にパッと出てくるんじゃなくて、光が地面から溢《あふ》れてそこに出現するし。

「それで、オレたちはなぜ呼ばれたのだ？」

「殿下の収納袋がお目当てみたい。採取するんだって」

「採取か。何を？」

僕は背もたれにしていた木をパンパンと叩《たた》く。

「……こんな巨大な木はさすがに入りきらんと思うが？」

「この木の樹液が、スパークリングメープルなんだって」

「え？」

「ほー」

「そうなのね」

お義姉ちゃんが目を見開く。

「みんな知ってるのか？」

うん。お兄ちゃんドンマイ。

「いやあ素晴らしい。ワシの妻の好物なんですよ。人前では飲みたがらないですが」

「何度か飲んだな」

「水に溶かして飲むだけで、キュッとくるのよね」

「千草は、飲むのはちょっと苦手です。そのままパンケーキにかけて食べるのが好きでした」

「やっぱおいしいんだねぇ」

「なんだ食べ物か」

「ああ、そうだったわね。伯爵は陛下付きだし殿下はもちろん食べたことあるでしょうね……千早と千草も姫殿下と一緒にいたから……うう」

お義姉ちゃんが地味にダメージを受けてる。

ゲームでも金策に使われる樹液だ。当然高価なのだろう。

「採取するんですよね！　するんですよね!?」

「あ、はい。そう聞いております。ハイ」

お義姉ちゃんの剣幕、ちょっと怖いです。

「落ち着いて採取できるように、近隣の魔物をあらかた片付けるって」

「手伝ってきます！」

「お前、護衛中ってわかってるのか？」

今度はお兄ちゃんがお義姉ちゃんを注意する番のようだ。


「おお、集まってるな」

「待たせたようだな……何をやっているのだ？」

木の周りでピクニック状態の僕たち。

あ、ウェッジ伯爵と千早は立って周りを警戒しているよ。

「なに、少し休憩をな」

殿下が持ってきていたクッキーをみんなでかじりつつ、牛乳パーティーをしていたらおじさんたちが帰ってきた。

「まったく、ここがダンジョンだということを忘れているのか？」

「ああ、無警戒にもほどがあるぜ」

そんなダンジョンに五歳児を一人放置する大人っていうのもどうなんですかね？

「ジルベール、何体か倒したか？」

「うん。ドロップは殿下が回収してくれました」

僕だけでなく、再度湧いたミルオックスを伯爵とお義姉ちゃんが倒したりもしてた。

ミルオックスは出現しても、こちらから危害を加えなければ攻撃してくることはない。

ヒュージヒューマスポアはこちらを発見したら、ゆっくりとした足取りで近づいてくる、僕の歩く速度よりちょっと速い程度だ。

この階層は遠距離攻撃ができる僕にうってつけの階層に思えてくる。

「殿下、オレのも預かってください」

「オレのも頼むわ！」

お兄ちゃんもトッドさんも大きめの袋を担いていたけど、それが全部ドロップ品だったようだ。

多いな。

「まったく。僕はポーターではないのだがな」

「使えるものは使う、ってのが冒険者にゃ必要なんだぜ？」

「殿下は冒険者ではありませんわ」

お義姉ちゃんのツッコミが鋭い。

「まあ預かるが……ビッシュ、これからスパークリングメープルを採取すると聞いたが真《まこと》か？」

「ええ、そのつもりです」

「難しくないか」

否定的な意見を出してくるのはウェッジ伯爵だった。

「難しい？」

「スパークリングメープルってのは、木の中を流れてる樹液だぞ？　木のどこを傷つければ樹液が採取できるか、素人にわかるもんじゃないだろ？　ディライでは毎月木の点検を専門家が行っていて、そのうえで、採取もその専門家が行っているらしいし」

「「あ！」」

ただ木に適当に傷をつければ樹液が出る、というものではないらしい。

「ああ、そのことなら問題ありません」

「やはりご存じでしたか。三色の賢者殿は博識なのだな」

伯爵の言葉に頷くのはおじさん。

「植物のことだからな。千草、頼んだぞ」

「ふぇ？」

おじさんに肩をポンと叩かれて、変な声をあげる千草。

うん、そりゃ驚くよね。突然の大抜擢《ばってき》。

「あ！　千草ならできそうね」

「植物系魔法の素質に恵まれている彼女ならば、きっとできる」

「そそ、そんな魔法知りませんよ？」

うん。僕も知らない。

「別に魔法を使う必要はない。属性適性のある人物は、その属性の本質を探る才能がある。火ならばどうすれば火力が上がるか、地ならば肥沃《ひよく》かどうか、水ならばその水が飲めるかどうかなどな」

「ええっとぉ？」

チラチラこっちを見てくる千草、でも内緒だよって言っておいたもんね？

「樹液は液体だから水の素質でもわかるかもね？　僕も一緒にやってみようか」

「若様っ！」

千草、そんな感動するようなことじゃないよ。

「ボス、お待たせしましたー」

「樽部隊到着っす」

「工具もいくつかご用意しました」

青い鬣のメンバーが、ちょうどいいタイミングで到着したのであった。そして素早く準備を整える。

「ではここにあけますね」

青い鬣の斥候役の人が、僕と千草の示したポイントにノミを浅く入れる。

「じんわりと染み出てきますね」

「よし、竹を差し込んで穴をあけるぞ」

おじさんの指示のもと、青い鬣の人が竹筒を穴にあてる。隙間ができないよう周りをノミで削り、布を巻いている。

竹筒の下に樽をセットして、押し込む。

「出た！」

甘い香りと共に、竹筒を通って樽にスパークリングメープルが流れ込んでいく。

粘度が高いからか、勢いよくとはいかないが目視できるくらいの量がしっかりと出ている。

色は濃い茶色だ。

「出たな」

おじさんがその竹筒から流れ落ちるスパークリングメープルをコップで受け、持ってきた飲み水と混ぜる。

「飲んでみなさい」

「え？　うん」

目を落とすと、シャワシャワと炭酸がはじける薄茶色い液体が出来上がっていた。

この体になって初めての炭酸飲料だ。地味にテンションが上がる。

「いただきます」

ごくりと一口。

「おいしい……」

ジンジャーエールのような見た目のスパークリングメープルの水割り。

口の中と喉を刺激する炭酸が、懐かしくも新しい感触を生み出してくれる。

甘みの強いコーラのような味わいだけど、その甘さもしつこくなく、とても上品だ。

「これは、以前飲んだものよりも断然甘みがあるな」

「ええ、それでいて甘みがいやらしくない。口の中に残りつつも炭酸がさっぱりとさせてくれる」

「日の光を浴び、輝くさまも美しいわ」

「ゲプ」

おっと失礼。炭酸がすごいからゲップが出る。

「しかし、ずいぶんと量が出るな」

「何百年単位で回収されていないみたいですからね。でもダンジョンですし、魔物と同じように復活するかもしれないですね」

「確かに。ダンジョン内の木々も気がつけば再生したりしているが」

「それを試すには、少々高価すぎるな」

「いい収入源になりそうだなぁ」

トッドさんの言う通り、ゲームではいい収入源だったよ！

「千草は飲まないの？」

「美味しいとは思うんですけど……その」

「千草はこれ飲むと、ゲップとしゃっくりが止まらなくなるのよね」

「姉さん！」

「別に隠すことじゃないからいいじゃない？」

「お兄ちゃん、お父さんとお母さんのお土産にしよ」

「ああ、そうだな。ジル、この牛乳瓶を綺麗《きれい》にしておくれ」

「うん」

お兄ちゃんが空になったミルオックスのドロップ瓶を出してくれた。

「すまない、蓋を作れるか？」

「了解っす」

「四つおねがい！」

ドロップの瓶の蓋は例の紙の蓋だ。再度閉めるには別の蓋が必要なのである。

青い鬣の人が近くの木の枝を切って、コルク栓のようなものを作ってくれた。うん、器用な人だ。

「牛乳瓶～」

空になった牛乳瓶はまだある。水の魔法で四つ洗い、スパークリングメープルを流し込んでもらう。

瓶に蓋をして……どうしよ。

「はは、預かるよ。そういうところは子供だな」

「殿下、ありがとうございます」

「いいさ、その代わり私たちのお土産も頼むな」

千早と千草も牛乳瓶を用意していた。伯爵、牛乳爆飲みしてるし。

「洗えばいいのよね」

「ああ。そこからはミドラに頼む」

「うん？」

「お前は気にしないでいいよ。父上にはオレから言うから」

あ、ダンジョンのドロップは全部オルト家に一度提出しないといけないんだっけ。

殿下たちは勝手に持って帰れないんだった。

「警戒だっ！　全方位っ！」

そんなことを考えていると、トッドさんが声を張った。

「若様、後ろに」

「お守りします」

「殿下も」

「ああ」

トッドさんが声を張り上げると同時に、スパークリングメープルを取り出している樽を中心に全方位にみんなの視線が向く。

「ヒュージヒューマスポア……かなりの数だな」

「あんなにいたんだ？」

「明らかにこちらに向かってきているな」

「おじさん？」

「射程範囲に入ったらやりなさい。私は木の後ろ側に回ろう」

「ビッシュ様？」

「確実に一撃で倒せる遠距離持ちは私とジルベールだけだ。使わん手はなかろう」

「ですが」

「千早、千草、そなたたちはジルベールの護衛であろう？　主を守るためならば手段を選ぶな。その近衛の長も同意見のようだぞ？」

ちらりと伯爵を見ると、彼も頷いている。

「仕方ない、指揮を執るぞ」

殿下が声をあげる。

「四手に分かれるぞ。正面はウェッジ伯爵、左手はトッド殿、右手はリリーベル嬢と千早、後方は青い鬣の五人でそれぞれ防衛だ」

「「了解っ！」」

「ジルベールは前方に魔法で攻撃、ビッシュは後方だ。私と千草はジルベールの護衛、ミドラは私の護衛だ。いいな！」

「「「はいっ！」」」

「ジルベール、混戦では火の魔法は使うなよ？」

「うん？　えっと、風円斬でいいかな」

「それでよい。なるべく味方が近くにいないところを狙いなさい」

「はい！」

こうして、初めての本格的な戦闘が始まった。

「ダブル風円斬！」

杖を掲げて、みんなの頭よりも高い位置に風円斬を二つ生み出す。

「いけっ！」

僕の掛け声とともに飛び出した回転する風の刃は、こちらに近づきつつあるヒュージヒューマスポアを縦に横に断ち切る。

「は？」

「うそ、強い……」

二枚の風円斬をそれぞれ独立させ、右手と左手で操作をする。

そしてこちらに近づくヒュージヒューマスポアをさらに倒す。十体も倒すと風円斬の勢いもなくなり消えてしまった。

「ええー、オレ、あれ倒すの結構苦労したんだけど……」

「若様すごい……」

「さすが若様」

「お兄ちゃんは剣で近づいて倒すから苦労するだろうね」

「出番がありませんな」

「ジルちゃんすごいね」

「もっとすごいのが後ろにいるけどね……」

ちらりと見ると、空中に風円斬が十枚以上縦横無尽に飛び回っている。

「ジルベール、疲れたら教えてくれ。近接戦闘に切り替えるからな」

「はい、殿下」

数は多くても、体が柔らかいキノコの群れだ。それに視界を埋め尽くすほどの大群というわけでもない、百体以上は来ていると思うけど、それぞれが足は遅いし歩調を合わせているわけでもない。

「あ！」

「どうしたジル！」

「スパークリングメープルの樽！　そろそろいっぱいになる！」

「あ、そうね……」

そんな気の抜けるような会話をしつつも、キノコの群れが次から次へと現れる。

そしてそれは、五樽がいっぱいになるまで続いたのであった。

「栓をしたらキノコの出現も止まるとは……」

「ああ。採取をやめて樽を片付けたら、もう追加は来なくなったな」

用意した樽がいっぱいになり、空にした牛乳瓶にも詰め込めるだけ詰め込んだ。それでもまだスパークリングメープルは出続けたので、いったん穴に栓をして採取を止めた。

そうすると遠くいたヒュージヒューマスポアたちはこちらに向かうのをやめて散っていった。

近くにいた個体はこちらに向かってきたが、それらをすべて倒すとそれ以上の追加は来なかった。

ゲームのイベント戦闘みたいだ。

あ、ゲームのイベント戦闘だったのか！

「匂いか何かに釣られたのか？　とにかく後続は止まったな。ジルベール、ビッシュ、よくやった」

「はい！」

「ええ」

おじさんのところの青い鬣の人はまったく動かずに終わってしまったらしい。

トッドさん、伯爵、お義姉ちゃんの三人は結構動き回ってヒュージヒューマスポアを倒してくれた。

僕の風円斬では全部をカバーするには至らなかったのだ。

「賢者になればおじさんみたいに十個も二十個も魔法を制御できるのかな？」

「あれは魔法以外の才能ですよ若様。ビッシュ様は戦場に立つ機会が多く、観察眼が身についておられるのでしょう」

「だな。ビッシュ伯父上はどの敵をどう倒すのが効率的かしっかり考えた上で魔法を使われている。まあ一度に使える魔法の量と一つ一つの威力が桁違いなのも確かだが」

「賢者のＪＯＢを修めていて、さらにあれだけの魔法を繰り出せる者は魔法師団にも数えるほどしかいないいな」

ほえー、おじさんやっぱりすごいんだ！

「ジルちゃんも十分すごいわよ？　いくらスポア種が魔法に弱いとはいえ、一つの魔法でいくつも倒せるんだもの」

「えへへ」

「ジルベール、どこかで魔物倒してただろ」

「そそそ、そんなことないし!?」

殿下のツッコミが鋭い。

「どうだかな」

「怪しいわね」

「というか確定だろう」

殿下だけでなく、お義姉ちゃんと伯爵にも言われる始末だ。

「いや、どうだろうな」

「ビッシュ伯父上？」

そこで助け舟を出してくれたのはおじさんだった。

「ジルベールは戦う者の経験をまったく持っていないぞ。オレの言うことを的確に実行する程度には頭がいいが、戦闘に慣れていない者特有の緊張が感じられた」

「ほお」

「それに、クク。怖かったのだろうな。最初などは明らかに必要のない威力の魔法で敵を倒したのだ。多少なりとも戦闘経験があれば、相手の力量をある程度測れる。もし戦闘を何度も経験しているのであれば、あそこまで高威力の魔法を放たんよ」

「わ、笑わないでよ！」

実際初めて相手をした魔物なんだもん！　加減なんて知らないよ！

「そうか、まあビッシュ殿がそう言うのであればそうなのであろうな」

「ああ、ただ、こやつの魔法の威力や魔法の運用は才能であろうな。少々振り回されているが、新しい魔法の開発なども含めて将来は有望であるぞ」

「新しい魔法？」

「これだ」

おじさんは手のひらの上に小さな風円斬を生み出した。

「伯父上が教えたものではなかったのですか？」

「火の魔法を使うなと指示したらこの魔法を編み出したのだ。どの魔法で倒す判断をするか見てみたかっただけなのだが、正直驚かされた」

「若様すごい！」

千早が抱きしめて褒めてくれる。

「子供ならではの着眼点であるな。それともミレニア夫人の教育の賜物《たまもの》か？」

「ミレニアは冒険者出身だからな。自由な発想は彼女から得たものだろう」

「こんな小さなうちからＪＯＢを持つ者もいないからかもしれない。うちの妹にもＪＯＢの書を渡しておこうか？」

「シルビア姫にか？　やめておいたほうがいいでしょう、分別のつかないうちに魔法を自由に使わせたら周りを傷つけます。ジルベールが特別に早熟だっただけでしょう」

大人たちが勝手に話を盛り上げていく。

「とにかく、一度戻ろうぜ。ジル坊がすごかったってことでいいじゃねえか」

「そうっすね。戦力的には十分っすけど、ここはダンジョンなんすから」

「ボスに賛成だ」

「確かに、談笑していい場所ではないですね。ドニー、ドロップはどうだ？」

「もう回収終わります！」

青い鬣の面々が撤退を促す。

彼らはダンジョンのプロだ。彼らの言葉に従い、片付けをして戻る。

帰りも千早に抱かれての移動だ。疲れていたらしく、千早に抱かれてそのまま眠ってしまい、気がついたら森から出て馬車に揺られていた。

そして馬車の中でも二度寝を楽しんだのであった。

ダンジョンにはその後も何度か顔を出し、今回のメンバーで落ち着いてダンジョンアタックができるようになったころ。

お兄ちゃんは殿下たちと一緒に王都へ戻っていった。

ダンジョンに一緒に潜っていた千早と千草は、リリーお義姉ちゃんと仲良くなっていたので少し残念そうだった。

殿下たちがこちらに足を運ぶことで、何かしらゲームイベントが起きるかもしれない。そう身構えていた時期もあった僕だが、結果としては単純に遊びに来ていただけだった。いや、何かしら仕事もしていたかもしれないけどね？

お兄ちゃんたちとダンジョンに行って魔物を倒して、屋敷に戻ってきたらお父さんと訓練をしたり、お茶会や軍盤をしたりしていただけである。

僕も軍盤は何回かやったけど、ハンデなしだと勝てなかった。

さすがに軍盤みたいな遊戯は定石をしっかり把握している人の方が強い。僕はまだそこまで覚えきれていないうえに、将棋やチェスの知識が邪魔をして混乱するときがあるのだ。お兄ちゃんにもあんまり勝てない。

決して悔しいわけではないぞ？　ぐぬぬ。

殿下たちにおじさんが同行できるときは、僕も何度かダンジョンに連れていってもらえた。おかげでそこそこレベルが上がったっぽいし、シーフのＪＯＢも伸ばすことができた。

体力的にも上がったし、魔力の最大量も増えた気がする。

途中でやめていたスパークリングメープルの採取もあのあと何度か行ったらしい。特産物にできるかもしれないけど、外に出すには採取できる量がそれほど多くないとかなんとか。

ひとまず領内で楽しむものにすることにしたらしい。

とにかく転生してから今までで、一番イベントのあった夏だが、まだ気を引き締めておかないといけない。

例のコボルドの巣の掃討作戦が近いうちに行われるのだ。

戦闘に向かうお父さんやお母さん、それにビッシュおじさんが少しばかりピリついている。

なぜか殿下たちと一緒に帰らなかったウェッジ伯爵や、僕の専属メイドのシンシアも掃討作戦に参加するらしい。

みんな二次職や上位職持ちだし、ゲーム内で一番強いコボルド『コボルドジェネラル』が出たとしても勝てるはずだ。

でもゲームのコマンドバトルとは違い、実際に対面して戦うとなるとどうなるのだろう。少し心配だ。

「やはり油断はできないっ」

大規模な魔物の巣の掃討作戦だ。ただごとではないに決まっている。

ゲームのストーリーとは、こういう大きなイベントがプロローグとなって、始まるものなのだ。

『ユージンの奇跡』の2だか新だか知らないが、この間にも僕はいくつもの魔法を開発し、錬金術の勉強も続けている。

いきなりどんな状況にも対応できるかと言われると、できると言い切れるわけではないが。

それでも僕は、油断せずに日々を過ごしているのである。

「こうして寝ている姿は可愛《かわい》いものなのだがな」

馬車に乗るとき少しだけ起きたジルだが、馬車が動き始めてしばらくすると、再び寝てしまった。

「ジルちゃんは起きていても可愛いけど？」

「そういう意味ではないさ」

千早《ちはや》と千草《ちぐさ》の間に挟まり、スヤスヤと眠る姿は本当に可愛らしい子供だ。

そんな子供なのに、正直オレと同年代の魔術師連中よりも強力な魔法を繰り出していたとしか思えない。

「でもそうよね。ビッシュ様の血筋を思わせるすごい魔法だったわ」

「若様の攻撃魔法は初めて見ましたけど」

「以前、街中でナンパ男を懲らしめたときの魔法もかなりの速度で発動していました。確かに同年代の魔術師と比べると、素早く的確な魔法であったと思います」

千早と千草の二人も、ジルの異常性には気づいていたようだ。

「ミドラ、あなた負けていられないわよ？　ジルちゃんがこのまま成長し続けたら……」

「オルト家の後継をジルに持っていかれるか？」

「そこまでは言わないけど」

可能性は十分に考えられる。オレも殿下の護衛騎士という大役を任されているが、後継に関しては絶対ではない。

「いや、ジルは魔法の才能に加えて領内に新しい産業を生み出した。ダンジョンとジルベールカードの二つだ。領のことを考えるなら、ジルの方が後継者に相応《ふさわ》しいかもしれない」

「……」

「今のうちにオレは就職活動でもしておいた方がいいか？」

「ちょっと、本気で言ってるわけじゃないわよね？」

リリーの口調が若干厳しいものになっている。やばい、リリーはオレより強いから怒らせると手に負えないんだった。

「……若様は現在、錬金術師を目指しております」

「千早？」

「ミドラード様が武の人なので、自分は魔法を。何かを生み出し、兄の助けになれるように、支えになれるようにと、勉強をされています」

「バカな！　生来魔法を使え、単一ではなく三つもの魔法の適性を持つのだぞ？　生まれながらの賢者ではないか！」

「そうね。いずれはビッシュ様をも超える、王国史に名を残す才能だわ」

そう、ガトムズ様のような！

「それでも、ミドラード様の助けになれるようにと。あたしにも何を書いてあるかわからない本を辞書を片手に、辞書に書いてない単語は千草に聞いたりして読み進めております」

千早は眠っているジルの手に、自分の手を重ねて優しく包む。

「あたしは頭があまり良くありませんので若様のお手伝いはできませんが、若様がミドラード様のサポートができるようにと必死にお勉強される姿は見ております」

「……そうか」

「はい。ですからミドラード様も、若様に相応しい兄君であってください。こんな小さな体で、こんなにも頑張っているのですから」

沈黙を貫いている千草も、ジルの頭を優しく撫《な》でる。

まったく、可愛い顔で寝ているな。

「……卒業と同時に、殿下の護衛を辞退し領に戻る」

「ミドラ？」

「殿下の護衛役は最後までやる。だが殿下と私が貴族院を卒業したら、それで終わりだ。私は近衛を目指さず、父のもとで領主としての勉強に励む。殿下が学生という身分でなくなれば、院の中にいる必要もなくなる、そうなればオレよりも優秀な護衛が殿下に付けられるしな」

「そう……」

「リリー、近衛に就職が決まっていたな。此度《こたび》の婚約については」

「ダメよ？　ミドラ」

リリーがオレの両ほほを掴《つか》んできた。痛いのだが。

「わたくしは貴方《あなた》の妻になるの。だから、貴方についていくわ」

「だが、お前の夢は……」

「近衛になり、王族に仕える……確かにわたくしの夢ね。でもわたくしの夢はもう一つあるのよ？　ずっと昔から、本当に子供のころからの夢」

「それは？」

「素敵なお嫁さんになること。貴方と一緒にここに来るわ。そして、お義母《かあ》様と一緒に貴方たちを支えてあげる。ジルちゃんに負けてられないもの」

「リリー……」

「でもわたくしの方が一年先に卒業するのよね。一年だけ近衛にしてもらえば夢も叶《かな》ったってことでいいわよね？」

一年でいなくなることが確定している人間を近衛になんかするだろうか？　いや、何も言うまい。リリーならそれでもなれてしまう気がする。

「……卒業したら迎えに行くよ。オレの妻として。だからそれまで、怪《け》我《が》などしないでくれよ？」

「大丈夫よ。わたくしはこう見えて、学年最強なのよ？」

「そうか。そうだったな」

この婚約者は、オレよりもずっと強いのだ。

こうと決めたら、オレの手には負えないくらいには。

番外編　大富豪

「ジルベール、サフィーネの名をゲームにしていたよな？　ああいった新しいゲームは何か他にないか？」

「へ？」

お屋敷で殿下、お兄ちゃん、お義姉ちゃんの四人で遊んでいると、殿下からそんな言葉が飛んできた。

「殿下、その、殿下のお名前に合うようなゲームを？」

「ああ、いや、そこまでではない。単純に他のゲームは何かないかと思っただけだ」

確かに、複数人で遊べるとなると、どうしてもゲームが限られてしまう。特に黒星や七並べなんかは、先に抜けると待っている時間が長いときがある。

一対一で遊べるスピードなんかがあるけど、シンシアに勝てないし他の大人たちにも勝てる気がしないので封印中だし、それ以外のゲームとなると……。

「大富豪？」

「む？」

「大富豪？　どんなゲームかしら？」

「わ、若様？」

「何かあるのですか？」

「うん。せっかくだから殿下に試してもらおう」

そう、大富豪である。

全員にすべてのカードを配り分けて、前の番の人より大きい数字を順番に出していき、最初に手持ちのカードを全部出し切った人の勝利だ。実際にカードを広げてやってみせるのが一番いいだろう。

千早《ちはや》に指示をし、カードを配ってもらう。

全員のカードが見えるように広げてもらいながら、ゲームの説明を始める。

「本来であれば手札は隠しながらやるのですが、最初なのでカードを見せながら基本的なルールを説明しますね」

カードを一枚出す。このゲームで一番弱い数字『火の三』。

「次は殿下の番ですので、殿下は手持ちのカードからこの『三』より大きな数字を出してもらいます」

「ふむ、では『四』にしよう」

「ではオレは『六』で」

「お兄ちゃん、六はもう一枚あるから複数枚同時に出せる機会があるよ？」

「二枚同時に出してもいいのか？」

「そうだね、例えば僕が場の最初に五を二枚出したら、以降はその数字より大きい数字を二枚同時に出さないといけなくなるんだ」

「なるほど」

「同じ数字のカードなら二枚から四枚まで同時に出すことができ、四枚同時に出せば『革命』が起きて数字の価値が逆転します」

他にもマークを合わせて連続した数字を出したり、八でカードの流れを断ち切る八切《はちぎ》りなんかを説明する。ちなみに一番大きい数字は『二』であるとの説明も。

「ふむ、なるほど。ルールはなんとなくわかったが……」

「ジル、『革命』はダメだ」

「そうですね、『革命』はダメです」

「え？」

カードの価値が逆転するから、革命なんだけど。

「……ジルベール、私は次の王位をそのまま継承する男だ。現在の王政に異を唱えるような言動をするわけにはいかないのだ」

「お、おおう。そうでした」

この人、王太子でした。

「なるほど、そうなると革命はダメですね……となると、逆転とか、反転とか……こう、価値が変わるという意味合いでの単語にすればいいですかね」

「……ああ、それなら問題ないが……ミドラ」

「はい。ジル、ちょっとこっちに来なさい」

「え？　うん」

お兄ちゃんに手を引かれて、部屋の隅に連れていかれる。

「ジル、あまり迂闊《うかつ》な言葉を口にするな。相手は王族なんだ。殿下は王太子、つまり次の国王陛下である。第一王子ではない、次の国王陛下になるよう教育を受け、勉強をし努力をなされている方なのだ。そんな人の前で革命なんて言葉が出ること自体がよろしくない」

「う、はい。軽率でした」

国の頂点に立つ方の前で革命だなんて軽率すぎた。

「お前は幼いし、この場には殿下とリリー、それと千早と千草《ちぐさ》しかいないからよかったが、もし第三者がいれば、それが悪意あるものでなくてもお前の言葉から殿下の立場が危ぶまれたり、お前や我らオルトの一族に累が及ぶ可能性もあったのだ」

「はい、ごめんなさい」

「わかったな？　お前は賢いが、その辺の貴族的な対応はまだまだだ。クレンディル先生の指導もまだそこまで進んでないのであろうからな」

先生からの指導には、そのあたりの貴族的な機微が今後登場しそうである。

「革命ではなく、逆転にしなさい。いいね？」

「はぁい」

「ジル？」

「はい！」

しまった、油断をした。

「さあ、ゲームの説明の続きをしてくれ。殿下が楽しみになさっている。その前にきちんと謝罪をするんだぞ？」

「はい」

注意をされ、お兄ちゃんに手を引いてもらい再び席に着く。

「殿下、失礼な発言をしてしまい申し訳ありませんでした」

「殿下、弟が失礼をいたしました」

「ああ、気にするな。ジルベールがそういうつもりで話しているのではないことはわかっている」

「ありがとうございます」

殿下からお許しをいただき、ゲームの説明を再開する。

「と、とりあえず同じ数字を二枚から四枚まで同時に出せます。そして次の番の人は、前の数字より大きい数字であれば同じように複数枚カードを消費できます」

そうやって順番にカードを出していき、カードがすべてなくなって勝敗が決まった。

「なるほど、こうやってゲームが進むのか」

「単純ですけど、どのカードを残しどのカードを消費するか、それなりに考えながらやらないと勝てないかもしれませんね」

お義姉ちゃん鋭い。

「そして勝敗が決まったら、次のゲームになるのですが、一番が大富豪、二番が富豪、四番が貧民、最下位は大貧民と呼びます。大貧民は大富豪に強いカードを二枚、貧民は富豪に強いカード一枚を渡し、富豪と大富豪はもらったカードと同じ枚数のいらないカードをそれぞれの相手に渡します」

「つまり、僕が今回は貧民か……」

「ジル、ちょっとこっちに来ようか？」

「お、お兄ちゃん、ゲームだから！　ゲームの話だから！」

大富豪は身分差がある人間とはやってはいけないゲームみたいだ。提案するゲームを間違えた！

結局、富豪とか貧民とかの代替になる言葉がうまく思いつかず、このゲームはお蔵入りになるのであった。

強制的《きょうせいてき》にスローライフ!? 2

2023年11月25日　初版第一刷発行

著者　ている
発行者　山下直久
発行　株式会社KADOKAWA
〒102-8177　東京都千代田区富士見2-13-3
0570-002-301（ナビダイヤル）
印刷・製本　株式会社広済堂ネクスト
ISBN 978-4-04-683069-2 C0093

©Tail 2023
Printed in JAPAN

●本書の無断複製（コピー、スキャン、デジタル化等）並びに無断複製物の譲渡及び配信は、著作権法上での例外を除き禁じられています。また、本書を代行業者等の第三者に依頼して複製する行為は、たとえ個人や家庭内の利用であっても一切認められておりません。
●定価はカバーに表示してあります。
●お問い合わせ
https://www.kadokawa.co.jp/（「お問い合わせ」へお進みください）
※内容によっては、お答えできない場合があります。
※サポートは日本国内のみとさせていただきます。
※ Japanese text only

企画　株式会社フロンティアワークス
担当編集　福島瑠衣子（株式会社フロンティアワークス）
ブックデザイン　鈴木 勉（BELLS'GRAPHICS）
デザインフォーマット　AFTERGLOW
イラスト　でんきちひさな

本シリーズは「小説家になろう」（https://syosetu.com/）初出の作品を加筆の上書籍化したものです。
この作品はフィクションです。実在の人物・団体・事件・地名・名称等とは一切関係ありません。

ファンレター、作品のご感想をお待ちしています

宛先
〒102-0071　東京都千代田区富士見2-13-12
株式会社 KADOKAWA　MFブックス編集部気付
「ている先生」係「でんきちひさな先生」係

二次元コードまたはURLをご利用の上
右記のパスワードを入力してアンケートにご協力ください。

https://kdq.jp/mfb
パスワード
f3fkp

●PC・スマートフォンにも対応しております（一部対応していない機種もございます）。
●アンケートにご協力頂きますと、作者書き下ろしの「こぼれ話」がWEBで読めます。
●サイトにアクセスする際や、登録・メール送信時にかかる通信費はご負担ください。
●2023年11月時点の情報です。やむを得ない事情により公開を中断・終了する場合があります。

MFブックス
MFブックス新シリーズ発売中!!
ただの村人の僕が、三百年前の暴君皇子に転生してしまいました
～前世の知識で暗殺フラグを回避して、穏やかに生き残ります!～
sammbon
サンボン
illustration 夕子
STORY
第四皇子ルドルフは、ある日自分の前世が三百年後の村人で、転生していたと気づく。前世で愛読した戦記によると彼は、婚約者である「氷の令嬢」に殺される運命で!? 知識チートで死亡フラグを回避する生き残りファンタジー開幕!
元ただの村人、
死亡フラグに溢れた
前世の知識で
帝政を生き残ります!

「こぼれ話」の内容は、
あとがきだったり
ショートストーリーだったり、
タイトルによってさまざまです。
読んでみてのお楽しみ！

アンケートに答えて著者書き下ろし「こぼれ話」を読もう！

よりよい本作りのため、
読者の皆様のご意見を参考にさせて頂きたく、
アンケートを実施しております。

奥付掲載の二次元コード（またはURL）にお手持ちの端末でアクセス。

↓

奥付掲載のパスワードを入力すると、アンケートページが開きます。

↓

アンケートにご協力頂きますと、著者書き下ろしの「こぼれ話」がWEBで読めます。

- PC・スマートフォンに対応しております（一部対応していない機種もございます）。
- サイトにアクセスする際や、登録・メール送信時にかかる通信費はご負担ください。
- やむを得ない事情により公開を中断・終了する場合があります。

オトナのエンターテインメントノベル MFブックス 毎月25日発売